「わたしの名前はシルフィー。
召喚に応じ顕現しました」
には、
色の髪に碧眼の
チュア鎧姿の幼女が
佇んでいた。
モブから始まる
探索英雄譚 1
The story of an exploration hero who has worked his way up from common people
Author
海翔
Illustration
あるみっく

高木海斗《たかぎ・かいと》
顔立ちは悪くないが
どこか地味目なモブ高校生。
探索者としてもパッとしなかったが、
レアモンスターの討伐をきっかけに
状況が一変して――。
葛城春香《かつらぎ・はるか》
クラス一の美少女で
人当たりが良く人気も高い。
実は海斗と小学校から
クラスが同じで幼馴染。

ルシェリア

カードから召喚された子爵級悪魔。
自由奔放でよく海斗を
振り回している。
魔法による殲滅力に優れる。

シルフィー

カードから召喚されたヴァルキリー。
従順で素直だがちょっと甘えたがり。
防御魔法を持ち安定感を高めてくれる。

CHARACTERS

The story of an exploration hero
who has worked his way up from common people

『破滅の獄炎』
ゴブリンは跡形もなく
消失していた。
「は、はは」
想像は出来たけど……
シルの時と同じだ。
完全なオーバーキルだ。

モブから始まる探索英雄譚1

海翔

HJ文庫
925

口絵・本文イラスト　あるみっく

1

The story of
an exploration hero
who has worked his way up
from common people

CONTENTS

第一章 ❯ スライムスレイヤー(Lv3)

２０２８年４月 今日も俺《おれ》はダンジョンに潜《もぐ》っている。

ほぼ毎日潜って二年が経《た》った。

２０１９年に世界に突然《とつぜん》地下迷宮《めいきゅう》が出現した。現在までに世界中で千五百程《ほど》の地下迷宮が確認《かくにん》されているが、この地下迷宮は現在ダンジョンと呼ばれている。

ダンジョンは階層も十層程度のものから、百層を超《こ》えて未《いま》だ最下層が確認されていないダンジョンまで多種多様である。

当初ダンジョンが発見された時には、

「古代遺跡《いせき》か？」

「いや地底人？」

「埋蔵金《まいぞうきん》？」

などと連日テレビを賑《にぎ》わせていた。

日本の場合、国の管轄《かんかつ》下に置かれ、自衛隊による大規模な調査が行われた。

三年間程度の調査の結果、ダンジョンにはファンタジー要素満載《まんさい》で、モンスターやお宝、ダンジョン内でのみレベルやステータスや魔法《まほう》まである事が判明した。

調査を受けて法整備が進み２０２４年に一般《いっぱん》公開される運びとなった。

それを期にダンジョンに潜るための資格であるダンジョン探索《たんさく》調査員　通称《つうしょう》『探索者』が設けられた。

資格は満十五歳《さい》以上であれば応募《おうぼ》可能。十万円の受講料を振《ふ》り込み七日間の学科講習を受ければ探索者ライセンスが発行される。

当初応募資格は二十歳《はたち》以上となっていたが、いざスタートしてみると仕事をしている人からの応募がほとんどなく、急遽《きゅうきょ》十五歳以上に変更《へんこう》となった経緯《けいい》がある。

俺、高木《たかぎ》海斗《かいと》も十五歳になったと同時にお年玉とおこづかいを貯《た》めた十万円を持って速《そっ》攻《こう》探索者ライセンスを取得した。

抑《おさ》えきれない期待感を胸に取得した翌日にはダンジョンに潜っていた。

あれから二年、今日も俺は近所にあるダンジョンの『一階層』に潜っている。

「いないな～」

俺は獲物《えもの》を探していた。毎日狩《か》っているあいつらを一時間程歩き回りようやく見つけた。

サッカーボール程のゼリー状のモンスターであるスライムを。

二十メートル程離《ほどはな》れた場所にいる青色のスライムに気づかれないように音を立てずに近づいて必殺の強力殺虫剤《さっちゅうざい》を噴射《ふんしゃ》した。

噴射と同時にスライムは『グチュ、グニュ、ボヨヨーン』とギャグのような音を立てて暴れ回り、消失した。

俺は「すーっ、はーっ」止めていた呼吸を再開する。

これが俺が編み出した対スライム必殺の『殺虫剤ブレス』だ。

どういう原理かわからないが潜りはじめて一ヶ月《かげつ》目ぐらいの時に、たまたま持ち込んだ殺虫剤を使用したら効果てきめんだったのでそれ以来ずっとこのやり方を続けている。

スライムの消失後、小指の爪《つめ》の半分くらいの石が残っているので拾い上げて回収した。

この石はいわゆるモンスターの心臓部分である魔核《まかく》だ。

魔核は探索者事務所で買い取ってもらえる。

スライムの魔核一個でおよそ五百円。

放課後に三時間程度潜《もぐ》って、発見できるスライムは平均して三匹《びき》程度。

五百円×三匹で一日千五百円程度。

夢と希望の探索者としての俺の稼《かせ》ぎは月に二十五日前後潜って三万五千円程度だが、そこから必要経費として殺虫剤が月に五千円はかかるので実質三万円ぐらいだ。

これでは安い。あまりにも安すぎる。

多少なりとも命の危険があるにもかかわらず月に三万円。

もちろん夢と希望の探索者なのでシルバーランク以上の探索者は月に百万円単位で稼いでいる。

高額収入を得る探索者たちがいる一方で残念ながら俺は最下級のウッドランクの探索者に過ぎないのだ。

それでも俺は二年間一階層専門の探索者として放課後アルバイトがわりに日々頑張《がんば》っている。

一階層にはスライムしか出現しない。安心安全のかわりにスライムからはドロップアイテムが出ない。

残されるのは魔核のみである。

今日も探索で得た魔核三個を換金《かんきん》し千五百円を受け取り家に帰った。

俺の今のステータス
高木　海斗
ＬＶ　３

HP　12
MP　3
BP　10
スキル
装備　殺虫剤

二年間スライムを狩り続けてレベルは二つ上がって3になった。HPは5増え、MPは2増えている。

BPとはバトルポイントの略で所謂戦闘力《いわゆるせんとうりょく》である。

俺のBP10はまさに最底辺のウッドランクにふさわしいものとなっている。

これは物語の主人公ではなく完全にモブである。

最初は夢も希望もあった。

「いつかオリハルコンランクになってやる!!」

とクラスの友達にも吹聴《ふいちょう》していたが、今となっては完全な黒歴史でしかない。

俺もかつて一度だけ二階層に降りた事がある。二階層はゴブリンやスケルトンのような下級人型モンスターの階層だ。

その時の俺は下級という響《ひび》きで完全に舐《な》めてました。

死ぬかと思いました。いやまじで死にかけました。

ゴブリンは最弱？　ファンタジー永遠の雑魚《ざこ》キャラ？

「そんなのは絶対嘘《うそ》だ〜‼」

ちょっと考えたらわかることだった。

人型のモンスターという事は、知能もあればモンスター特有の膂力《りょりょく》も持ち合わせている。

どこに素人《しろうと》高校生が勝てる要素があるのだろうか？

そんなものは一ミリもありませんでした。

スライムには必殺の殺虫剤ブレスもゴブリン相手にはほとんど効果無しでした。

百五十センチぐらいのゴブリン一匹にボコボコにぶん殴《なぐ》られ、身ぐるみ剥《は》がされかけ、血だるまになりながら、命からがら一階層に逃《に》げ帰《かえ》りました。

たまたま武器を持たない個体だったので助かったけど、もし武器を持っていたら百パーセント死んでました。

以来、この出来事に猛烈《もうれつ》に反省した俺は一階層の住民となりました。

ダンジョンに二年間欠かさず通って探索者仲間も数人出来た。毎日飽《あ》きずに一階層へ潜る俺は仲間からはスライムスレイヤーの称号《しょうごう》を貰《もら》いました。

俺は、またいつものように一階層に潜っていた。

「もう一匹《ぴき》狩ったら帰るか～」

独り言を言いながらスライムを求め再び歩いていると眼前に金色のスライムを発見した。

「なんだ？　金色のスライムなんか見たことも聞いたこともないな」

レアスライムになんとなくテンションが少し上がったがいつもの通り、スライムに忍《しの》び寄《よ》って殺虫剤ブレスを実行した。

『グチュ、グニュ、ボヨヨ～ン』といつもの音を出しながら金色のスライムは消失した。

「ん!?」

いつもの通《とお》り魔核を回収しようと近寄ると、地面には魔核と一緒《いっしょ》に一枚の小さなカードがドロップされていた。

スライムからはドロップアイテムが出ないと言われている。実際俺もこれまでスライムを二千匹近く倒《たお》したが一度もドロップアイテムが出たことはなかった。

初めてのドロップアイテムに俺はちょっとビビりながら恐《おそ》る恐るカードを拾いあげた。

「こ、これは　まさか……」

震《ふる》える手の中にあるのは、テレビでしか見た事がないサーバントカードと呼ばれる従者を召喚《しょうかん》出来る超《ちょう》レアアイテムだった。

ファンタジーの定番通り日本のダンジョンではモンスターを倒すと、極稀《ごくまれ》にドロップアイテムが残される。

スライム以外の全《すべ》てのモンスターからドロップアイテムが確認されているがドロップ率はおおよそ0.5〜1パーセントと言われている。

探索者の主な収入元がモンスターの魔核とドロップアイテムの売却益《ばいきゃくえき》だ。

メジャーなドロップアイテムは　ポーション各種、武器、武具類。レアメタルを含《ふく》む素材。

レアなところで、魔法が使えるマジックオーブ。スキルを覚えるスキルブロック。能力値がアップするバイタルジュエル等があげられる。

もちろん最底辺の俺はレアアイテムについてはテレビの中でしか見たことはない。

メジャーなアイテムは国の運営している国営ダンジョンマーケットに行けば販売《はんばい》されているので、購入《こうにゅう》したことは無いが、十五歳になりダンジョンに潜れるようになるまで、毎週のようにウィンドウショッピングを気取って見に行っていた。

もちろんレアアイテムも販売はされているがＶＩＰ専用の分厚い扉《とびら》の奥《おく》の部屋でのみ販売されており、もちろん俺は入ったことは無い。

Valkyrie

『サーバントカード』はVIPルームに鎮座《ちんざ》するそうしたレアアイテムの一つである。

テレビの情報によれば、サーバントと呼ばれるモンスターや戦士を召喚できるらしい。

見た目はカードゲームのデッキカードのようだが紙ではなく金属製である。

サーバントカードは最初に召喚した探索者のみが使用できるらしい。

人間と同じように攻撃《こうげき》されるとHPも減り、0になると二度と呼び出すことはできないらしい。

ただし減ったHPはカードに送還《そうかん》して一日経過すると回復するそうだ。

魔法と並ぶ探索者垂涎《すいぜん》のレアアイテムである。

俺だって夢の中ではレッドドラゴンを召喚して極大魔法を連発し魔王《まおう》退治するという厨二夢《ドリーム》を何度見たかわからない。

大きな声ではいえないが十七歳になった今でもときどき夢見ている。

『サーバントカード』で呼び出せるサーバントは千差万別《せんさばんべつ》だ。

現在確認されているカードによるとモンスター系最弱サーバントはゴブリンと言われており、最強サーバントがドラゴン種と言われている。

俺が手に入れた『サーバントカード』。

震える手の中にあるカードを祈《いの》るような気持ちで、恐る恐る覗《のぞ》いてみた。

最弱ゴブリンでも俺より遥《はる》かに強いのだ。もちろんウエルカムだが、本音を言えばもう少しだけ強いカードであってくれ。ドラゴンとはいわない。せめてワイルドベアぐらい出てくれ。

「頼《たの》む〜！　うう〜ぅ〜？　神さま〜!!」

祈りのような心の声が口から、だだ漏《も》れしていた。

意を決して見たカードにはなんと

水色の髪《かみ》に碧眼《へきがん》で西洋風の鎧《よろい》姿の絶世の美女？　いやよく見ると羽が生えている……まさか天使？　いやもしかして神様か？　が描《えが》かれていた。

慌《あわ》ててステータス部分を食いつくように見ると

種別　ヴァルキリー

NAME　シルフィー

LV　1

HP　120

MP　90

BP　170

スキル　神の雷撃《らいげき》　鉄壁《てっぺき》の乙女《おとめ》
装備　神槍《しんそう》　ラジュネイト　神鎧　レギネス

と表示されている。
人間、想像の埒外《らちがい》のことが起こるとろくに動けないらしい。全身が震える。
喉《のど》はカラカラになり全く声が出ない。力が入らない。全く記憶《きおく》がない……
それから自分がどうやって家まで帰ったのか全く記憶《きおく》がない……
家に着いてから、ベッド上で寝転《ねころ》びながら既《すで》に二時間以上カードを眺《なが》めている。
眺めているうちに気持ちも少し落ち着いてきたので、スマホで『サーバントカード
ヴァルキリー』と検索《けんさく》してみた。
検索結果はカードゲーム等の類似《るいじ》ワードがヒットしただけ。
どういうことだ？
今の時代検索できないものなんかあるのか？
このカードもしかして偽物《にせもの》か？
今度は『ヴァルキリー』で検索してみた。
今度は多数のヒットがあった。

『ヴァルキリー』……　北欧《はくおう》神話に出てくる半神。

半神ってなんだ？

本当に神なのか？　そんな事ありえるのか？　これはやっぱり偽物か？

サーバントはダンジョン以外では召喚する事は出来ないので、俺は真贋《しんがん》もわからずモヤモヤした気持ちのまま眠《ねむ》りについた。

翌日学校から帰って来た俺は、いつものようにダンジョンには潜らず、国営ダンジョン探索調査員センター、通称ダンジョンギルドへ向かった。

特別親しいギルドスタッフがいるわけではないが、いつも魔核を買い取りしてもらっている受付のお姉さんとは、普段《ふだん》一言二言会話を交《か》わす程度には顔見知りになっていた。

他に聞けるような人もいないので彼女《かのじょ》、日番谷《ひつがや》さんに昨日の魔核を売却《ばいきゃく》するついでを装って『サーバントカード』について聞いてみた。

「すいません。ちょっと聞いてもいいですか？　もしもサーバントカードを手に入れたら、いったいどの位の金額で売れるんですか？　天使や神様みたいなカードもありますか？」

ちょっと挙動不審《きょどうふしん》だったかも知れないが、極力平静を装って矢継《やつ》ぎ早《ばや》に聞いてみた。

「そうですね。レアカードは探索者の方が秘匿《ひとく》される事も多いので　般にはあまり知られていませんが、確かに天使等のゴッズ系カードというのが存在しています。世界中で百枚程度しか見つかっていない超レアカードです」

「おそらくオークションに出回れば十億円以上すると思われますが、まず出てくる事はないでしょう」

「じゅ、じゅ、じゅうおくですか!!」

心臓が飛び出るかと思った。

『ドッ、ドッ、ドッ、ドッ』

心臓の動悸《どうき》が止まらない。

全身からわけのわからない汗《あせ》が噴《ふ》き出《だ》してくる。

真摯《しんし》に答えてくれた日番谷さんにお礼を言ってから、逃げるようにして足早にダンジョンへと向かった。

潜ってはみたもののダンジョンの片隅《かたすみ》で座《すわ》り込んだ俺は、カードとお金のことで頭がいっぱいになり動けなかった。

「十億か〜」「十億な〜」「十億円」「1000000000円」「じゅうおく〜！」

十億円あれば今後働かなくても生きていける。いやむしろ贅沢《ぜいたく》に暮らしていける。

家や車を買ってもまだまだ余る。

大学も行かなくても全然大丈夫《だいじょうぶ》。

もしかしたらお金の力でこれからリッチでモテモテ人生かも知れない。
そんな不健全な考えがぐるぐる頭の中を回っている。
俺はもう一度ヴァルキリーのカードを取り出して穴が空く程見つめる。
これが十億か……
一度でも召喚するともう売り物にはならない。
普通《ふつう》に考えて百パーセント売却以外にはあり得ない。
まさにドリームジャンボカード。
夢の十億円カード。
そして夢の十億円生活。
いやオークションだからもっといくかもしれない。
天使で十億円だとすると、半神だと二十億円？
だが、しかし……
俺が探索者になったのはお金儲《かねもう》けと、もう一つ夢とロマンを求めていたからだ。
このカードがあれば深層階までいけるかも知れない。
夢に何度も見た魔王を倒すような英雄《えいゆう》になれるかも知れない。
何よりこの絶世の美女を召喚してみたい。

サーバントの意味は召《め》し使《つか》いである。

絶世の美女を召し使いにする。男なら一度は夢見るロマンではないだろうか。

ゲスい。我ながらあまりにゲスい。

しかしこの二年間スライムのみを狩ってきたスライムスレイヤーとしては、どうしても召喚してみたい。

このカードで俺の探索者ライフが劇的に変わるかもしれない。

このマンネリ化した日々に、探索者になったばかりの頃《ころ》のようなドキドキが戻《もど》ってくるかもしれない。

そう思い始めるともう我慢《がまん》できなかった。

俺の厨二夢は十億円にも勝《まさ》る。

俺はついに決断した。

この十億円のサーバントカードを使用する事を。

使い方は簡単だ。

カードを額に当て、サーバントの名前を念じればいいだけだ。

俺はカードを額に当て、ヴァルキリーの名前であるシルフィーを念じた。

カードが閃光《せんこう》につつまれ、目の前には俺のシルフィーが……

「え？」

どういうことだ？

「は？」

いったいなにがおこっているんだ。

「なに？」

俺の目がおかしくなってしまったのか？

「誰《だれ》だおまえ……」

そこにいたのは絶世の美女などではなく、おそらく七～八歳ぐらいだろうか？

水色の髪に碧眼のミニチュア鎧姿の幼女が佇《たたず》んでいた。

「ご主人様……私の名前はシルフィー。召喚に応じ顕現《けんげん》しました」

確かに面影《おもかげ》はある。装備も似ている。

だがどう考えてもおかしい。絶世の美女、いや絶世の美半神がなぜ幼女、いや幼半神に？

ここで俺のストライクゾーンにロリ属性があれば泣いて喜んだだろう。

確かによく見ると可愛《かわい》い。これほどまでに可愛い幼女は見た事が無いかもしれない。

カードの美女を十歳は若くした感じだ。

しかも背中から小さな羽が生えているので、どう見ても普通の人間ではない。おそらくこの幼女はヴァルキリーつまり半神なのだろう。

確かに夢にまで見たサーバントだ。

俺のサーバントカードは間違《まちが》いなく本物だったようだ。

しかし……

違《ちが》う。

俺が十億円と引《ひ》き換《か》えにしてまで召喚した夢とロマンの絶世の美女シルフィーがどこにもいない。

確かにシルフィーという可愛い幼女の半神は顕現した。

だが違うんだ。俺が夢見たサーバントはこれじゃないんだ！

その瞬間《しゅんかん》、俺には絶望と幼女のサーバントが残されたのだった。

幼女シルフィーが顕現した瞬間、俺は叫《さけ》んだ。

「俺の十億返せ〜！」

ゲスい自分が呪《のろ》わしい。

ダンジョンからタイムマシンがドロップしないだろうか？

どうにかして五分前に戻れないだろうか？

夢とロマン？　厨二夢？　なんだそれ。

俺は頭がおかしくなったのか？

一般家庭に生まれたLV3のモブの俺が人生の選択《せんたく》を間違えた……

どうしてこうなった……

五分前の頭のおかしい俺が十億円のかわりに選択したのはシルフィーだ。

俺のサーバントだ。

シルフィーそれは俺のサーバントの『幼女』だ。

俺はお金と夢とロマンを追いかけていた探索者のノーマル高校生だ。

俺には決して幼女趣味《しゅみ》は無い。

No．ロリータ　Yes．バイバイ

言い知れぬ後悔《こうかい》と虚脱《きょだつ》感が襲《おそ》ってきたが、もはや後の祭りだ。

「ご主人様、どうかしましたか？」

シルフィーの声に我に返った。

もうどうしようもない。召喚してしまったものは仕方がない。幼女といえどもサーバントには違いない。

俺は気を取り直し精一杯《せいいっぱい》元気な声で
「スライムを狩りに行くぞ！」
と声をかけてダンジョン探索にむかったが、その後すぐにスライムに遭遇《そうぐう》した。
普段は一時間に一匹程度の遭遇確率だが今回は十分程度で遭遇した。
これは、もちろん偶然《ぐうぜん》ではなくシルフィーの能力によるものだ。スキルではないようだがモンスターの気配を察知できるようで
「ご主人様こっちです」
と誘導《ゆうどう》された先にスライムがいた。
俺はシルフィーに
「一人であのスライム倒せるか？」
と恐る恐る聞いてみたが
「もちろんです」
と即答《そくとう》だった。
シルフィーはスライムの二十メートル程手前に立つと持っていたミニチュアの槍をスライムに向け『神の雷撃』と叫んだ。
その瞬間、強烈《きょうれつ》な閃光と轟音《ごうおん》が響き一瞬《いっしゅん》にしてスライムは消失してしまった。

「は？」

完全に呆気《あっけ》にとられた俺はさっきまでスライムがいた地点を凝視《ぎょうし》してしまった。

「なんだこれ……」

幼女の姿の所為《せい》でシルフィーのステータスを完全に忘れてしまっていた。

俺のＢＰは10しかないが、その俺でも倒せるスライムだがシルフィーのＢＰは170もあるのだから完全なるオーバーキルだ。さすがＢＰ170半端《はんぱ》ないよ。シルフィーさん凄《すご》すぎますよ。いや半神だからシルフィーさまとお呼びした方がいいのか？

「ご主人様……」

「あ、ああ」

「お腹《なか》が減りました」

「はい？」

「お腹が空いて倒れそうです」

「え？」

どう言う事だ？

スライム一匹倒《びきたお》したらお腹が空いて倒れそう……？

はじめてスキルを使用した反動だろうか？

そういえば以前テレビでサーバントは魔核を吸収して成長すると言っていた気がする。

俺はスライムの魔核を拾いあげ
「食べる？」

とシルフィーに渡《わた》してみた。

シルフィーが嬉《うれ》しそうに魔核を手に取ると魔核は発光し、あっという間に消失した。

シルフィーの顔を見ると満足したようでニコニコだった。

その後一時間程で六匹のスライムを発見し、シルフィーの『神の雷撃』一発で倒していったが、倒すたびにシルフィーのお腹は空くようで毎回同じように魔核を摂取《せっしゅ》してしまった。

どうやらはじめてスキルを使用したからお腹が空く訳ではなく、スキルを使用する度にお腹が空くようだ。

この日はこの一時間だけで俺のスライム討伐《とうばつ》レコードとなり計七匹のスライムを狩ることに成功したのだった。

だが、しかし手元に残った魔核は0。即《すなわ》ち本日の探索報酬《たんさくほうしゅう》もゼロとなってしまった。

十億円ロスト事件のショックやシルフィーの予想外の強さに興奮してしまい、おかしなテンションになっていた俺は討伐レコードにも舞《ま》い上《あ》がってしまい、事の重大さに気がついていなかった。

スライム討伐七に対して取得した魔核ゼロというリザルトの意味に。

俺は翌日からシルフィーを連れ、一階層をくまなく回ったが、シルフィーのおかげで一時間で大体六匹を仕留めることが出来た。

なんと三時間程の探索で二十匹ものスライムを狩ることが出来た。

三日連続で二十匹のスライムを狩り討伐数は三日で六十匹にのぼったが、とどめは全てシルフィーの『神の雷撃』によるものだ。

三日間の六十匹にものぼるスライム狩りのリザルトは魔核ゼロだ。

四日目の今日になってようやく冷静に考えることが出来るようになってきたが、この三日間シルフィーがスライムを一匹狩る毎にシルフィーがスライムの魔核一個を摂取している。

という事は……

考えるまでもなくいつまでたっても一円も手に入らないのである。

やばい……このままではまずい。

人間、舞い上がるとみんなバカになるのだろうか？

それとも俺だけがバカなのだろうか？

いずれにしてもこのままではまずいので俺は必死に考えた。

死ぬほど考えたらあっさりと答えが出た。

シルフィーにスライムを探知してもらい、俺が必殺の殺虫剤ブレスをお見舞《みま》いする。

これを実践《じっせん》することで、俺とシルフィーの華麗《かれい》なる連携技《れんけいわざ》で一時間あたりコンスタントに六匹を狩ることが出来た。

確実に稼げるスタイルを確立してからは、毎日スライム狩りに励《はげ》んだ。

二年間も一人で狩り続けていたのだ。

サーバントとはいえ、誰かと一緒に行動できることが嬉しくて仕方がなかったのだ。

狩って狩って狩りまくった。

約三ヶ月《かげつ》毎日ダンジョンに潜り　放課後約三時間スライムを狩り続けた。

連携《れんけい》が更《さら》に向上し、狩りの効率もアップして三ヶ月で狩ったスライムは千匹に届こうとしていた。

いつもの通り狩りを終えてからステータスを確認すると……

なんと、なんと、ついに念願のファーストスキルが発現されていた。

「うぉ～ついに俺にもスキルが。これでモブステータス脱出《だっしゅつ》だ‼」

内容をよく確認もせずスキルの欄《らん》に表示があるだけで反射的にテンションマックスになってしまったが、しばらくしてから落ち着いて確認してみた。

高木　海斗
LV　4
HP　14
MP　4
BP　12
スキル　スライムスレイヤー

おいおい、スキル　スライムスレイヤー？
そのままじゃないか。
なんのひねりもない。
そもそもそんなスキル聞いたこともない。なんか意味あるのか？
スライムスレイヤーの部分を更に意識すると効果説明が出てきた。
スライムスレイヤー　……　スライムとの戦闘《せんとう》を極《きわ》めた者に顕現する。

効果　スライムとの戦闘時に全ステータス50パーセントアップ

……うーん微妙《びみょう》。

…………なんか微妙。

……………あんまり意味ない。

既にスライムは無傷で三千匹も倒しているのだ。

今更《いまさら》スライムとの戦闘時にステータスが1.5倍になって何か意味があるのか？

そもそも俺のモブステータス……1.5倍になったところでＭＰ４が６にアップするだけ

…………

俺《おれ》はスライムを倒し続けたことで念願のスキルをついに手に入れた。

いわゆるキワモノの外れスキルを。

「チクショ～！」

思わず声が出てしまった。

「ご主人様、スキルがあるだけですごいです。さすがです」

シルフィーの優《やさ》しい言葉に泣きそうになったが、幼女の前で泣くわけにもいかず、グッと我慢して前を向いた。

きっとこのスキルがあれば今以上にスムーズにスライムを狩れることだろう。

文字通りこれからスライムスレイヤーとして生きていける。

明日からも明るいスライム狩りの未来が開けているに違いない。

こうなったらいっそのこと開き直って目指せ世界NO.1のスライムスレイヤー。

そんなのいやだ。いやすぎる……


スキルは残念だったが、この三ヶ月のリザルトを顧《かえり》みるとスライムの魔核千個×五百円で五十万円　殺虫剤が八万五千円で差し引き四十一万五千円。

一ヶ月《かげつ》あたりなんと十三万八千円オーバー。

やばい。めっちゃ稼いでる。

月に三万円だった稼ぎが一気に四倍以上になった。

高校生でこんなに稼いでいるのは俺だけじゃないのか？

いや、探索者《たんさく》でもっと上位の高校生も多数いるはず。

他の奴《やつ》らはもっと稼いでいるのか？

でもこの大金どうしよう。

四十一万五千円。これは俺の人生十七年史上最高の貯金額となってしまった。

何に使おうか考えて見たが、基本俺の生活は学校に行くかダンジョンに潜《もぐ》るかしかない。

特に金のかかる趣味もなければ、金のかかる彼女がいるわけでもない。

クラスに二人しかいない友達も学校以外で遊ぶ事はほとんどない。

つまり使い道がない。

であれば貯金すればいいのだが、せっかく手に入った大金。何かに使ってみたい。

札束で大人買いしてみたい。といっても特に買うものも思いつかないが……

結局、俺は探索者マーケットに向かう事にした。

この三ヶ月で自信をつけた俺は一つの決心をしていた。

明日から二階層へチャレンジしてやる。以前死にかけたあの二階層へ。

考えるだけで冷《ひ》や汗が出てくる。魂《たましい》に刻み込まれたゴブリンのパンチ。

体が　心が　魂が　悲鳴を上げている。

二度と会いたくない　あの絶対強者ゴブリン！

出来る事なら俺の人生からゴブリンを排除《はいじょ》してしまいたいが、このまま、ずっとスライムを狩《か》り続けるのは辛《つら》い。

ようやく稼《かせ》げるようになってきたけど、スライムオンリーはやっぱり辛い。精神的にキツイ。つまりは、毎日の反復作業に飽きてきてしまったのだ。

贅沢な悩《なや》みなのはわかる。わかるが、サーバント持ちで一階層をホームグラウンドにしているのは世界中で多分俺だけだと思う。

本当はもっと早く二階層へ行くべきだったと思う。

しかし魂レベルに刻み込まれたゴブリンの恐怖《きょうふ》とモブ根性《こんじょう》丸出しで、今まで避《さ》け続けてきた。

それなのにサーバントカードを召喚した時と同じ夢とロマンの厨二夢が病気のように、また出てきてしまった。

出てきてしまったら目的を達成するまでは治らない。

何しろ十億円の誘惑《ゆうわく》にも勝った病気なのだ。

行きたくないけど、どうしても行ってみたい。まだ見ぬ階層へ。

という事で購入するものは既に考えてある。

シルフィーは二階層でもたぶん大丈夫。そうなると大丈夫ではないのは俺だ。

LV4のモブである俺は現状間違いなくゴブリンより弱い。シルフィーに何かあった時に、俺はまた死にかける可能性がある。

なので、間違ってもすぐに死なないように防具を買いたい。

何がいいか全くわからず適当に見ていたが　とにかく高い……

鎧タイプになると数百万はあたりまえ。数千万円もザラである。

ちょっと大金が入ったので、舞い上がってなめていた。

ダンジョン用品は思った以上に高かった。

仕方がないので店員のおっさんに
「予算は三十万ぐらいまでで、良い防具って何か無いですか?」

「どの部分だ?」

「できれば全身」

「無理だな」

「え……無理って……」

「全身だと最低でも桁《けた》が一個違うぜ」

「あ~そんな感じですか」

「にーちゃん初心者か?」

「あ~ ま~ そうです」

本当は二年以上キャリアがあるが、この際それは黙《だま》っておこう。

「一階層か?」

「いえ、今度二階層に行ってみようと思ってるんで」

「それならスチール製の盾《たて》だな」

「盾ですか」

「ダンジョン用に補強されてぴったり三十万だ。うまく使えば全身守れるぜ」

「見せてもらってもいいですか？」

すぐにおっさんはバックヤードから盾を持ってきてくれた。

手《て》渡《わた》されたのは七十センチ程《ほど》の四角い盾だった。あまりかっこよくはないが、持ってみたら思ったより軽かった。

高額な値段に少し迷ったが他に選択肢《せんたくし》が無いので思い切って購入することにした。

「ゴブリンやスケルトンぐらいの攻撃なら十分防げるぜ。あいつらの持っている武器にもよるがな」

おっさんのアドバイスとも脅《おど》しとも取れる発言を後に、俺は早速《さっそく》ダンジョンに潜った。

「シルフィー、今日はいつものスライム狩りじゃなく、二階層へ行くぞ」

「かしこまりました。はじめての二階層ですが、がんばりますね」

「頼《たよ》りにしているからな」

「ありがとうございます」

昨日までとは違う俺。今ここにいるのは、スチール製の盾を持った俺だ。

第二章 ゴブリンスレイヤー(仮)

ついに俺は覚悟《かくご》を決めて二階層へと向かった。

二階層に降りたら、すぐに絶対強者ゴブリンに遭遇してしまった。

なんと二階層の階段の直《す》ぐ側にゴブリンがいたのだ。

その姿を目にした瞬間心臓が止まるかと思うほど焦《あせ》ってしまった。覚悟していたつもりだったが、ボコボコにされて死にかけた記憶がフラッシュバックして動けなくなってしまった。

む、無理だ。

おしっこちびりそう。

全身から変な汁《しる》が出てくる。

顔面蒼白《そうはく》になりながらガタガタ震えがきてしまった。

まだ俺には早すぎた。今なら一階層に戻れば間に合う。なんとか逃《に》げ切《き》らないと死ぬ。

そんな事をゴブリン遭遇の一瞬で考えていた俺にシルフィーが、

「ご主人様、大丈夫ですか？　どうかしましたか？　体調でもお悪いのですか？」

と心配して声をかけてくれた。

幼女の声はどこまでも優しく、癒《いや》しの響《ひび》きを持っており、恐慌《きょうこう》状態にあった俺のメンタルを立て直すのに十分なだけのヒーリングパワーを秘《ひ》めていた。

シルフィーの声で正気に戻った俺は
「大丈夫だ。ゴブリンは俺に任せとけ」

と幼女相手に大見得《おおみえ》を切ってしまった。

幼女とはいえ俺にとって母親以外で唯一《ゆいいつ》接点のある異性である。

もちろんロリコン趣味など一切《いっさい》無いが、この三ヶ月毎日のように一緒《いっしょ》にスライム狩りをしたせいか、シルフィーの戦闘力《せんとうりょく》に尊敬の念を抱《いだ》くと共に妹に対するような肉親の情のようなものが湧《わ》いてきていた。残念ながら本当の妹はいたことがないが……

シルフィーに見得《みえ》の一つや二つ切って当たり前だ。

ここで男を見せなくていつ見せるんだ。

「今だろ！」

気合をみなぎらせた俺はやめとけばいいのにゴブリンに向かって
「かかって来いや～!!」

と大声をあげて向かって行った。

俺の武器は中学の修学旅行で自分用のお土産《みやげ》に買った千五百円の木刀。

それと今日買った三十万円のスチール製の盾だ。

「うぉ～!!」

大声をあげていないと恐怖におしつぶされそうになりながら全速力で突進《とっしん》していった。

喧嘩《けんか》なんか小学校以来していない。

格闘技《かくとうぎ》の経験も一切無い。

ダンジョンには二年以上潜っているが殺虫剤《さっちゅうざい》でスライムを狩る毎日。

対人型との戦闘経験は全くない。

それでも突進した。

二十メートル程の距離《きょり》が百メートル以上あるような錯覚《さっかく》を覚えながらスチール製の盾でおもいっきりぶつかった。

ぶつかった瞬間コンクリートブロックにでも衝突《しょうとつ》したかのような強い衝撃《しょうげき》があったが、それでも全身全霊《ぜんしんぜんれい》で押《お》し込んでいった。

スチール製の盾越《たてご》しにゴブリンの荒《あら》い息遣《いきづか》いと、怒《いか》り狂《くる》ったようなプレッシャーを感じる。

幸い武器を所持していない個体のようで、ガンガンと恐怖のゴブリンパンチを盾に向け浴びせてくる。

俺は、よろめきながらもなんとか耐《た》え、攻撃《こうげき》するべくタイミングを見計らっていた。

呼吸の為《ため》か一瞬ゴブリンパンチの嵐《あらし》が止まったので、ここしかないと、思いっきり振《ふ》りかぶって野球のバットの要領でゴブリンの頭に木刀をクリーンヒットさせた。

ヒットさせたが、まるでタイヤを殴《なぐ》ったような感覚があり手が痺《しび》れた。

肝心《かんじん》のゴブリンは「ギィヤー」と悲鳴？　をあげて痛がってはいるが、倒《たお》すほどのダメージを与《あた》えることは出来なかったようだった。

「ま、まじか⁉」

絶好のタイミングからの渾身《こんしん》の一撃《いちげき》だった。

この一撃以上のダメージを与えることはLV４のモブである今の俺にはできない。

この一撃にすべてをかけていた。

それが崩《くず》れた今、俺のチキンハートを再び恐怖が襲ってきた。

やばい。逃げるか。いや、シルフィーにやってもらうか。

俺は馬鹿《ばか》か！　頭の中にまたクズの考えがよぎった瞬間、俺のちっぽけな『男のプライドさん』が戻ってきた。

恐怖を抑《おさ》え込む為にやってきた。

何がなんでもやってやる。かっこ悪くてもやってやる。

人生で一度もあげたことのないような雄叫《おたけ》びをあげ、再び盾で押し込んだ。

「グァーガァ!!」

パワーは明らかにゴブリンが上。今の状態は長くは続かない。

盾越しにゴブリンを観察したが、腰蓑《こしみの》しか身につけていないし、ゴブリンに性別があるのかよく知らないが、多分こいつはオスだ。

頭を狙《ねら》っても効果が薄《うす》いのであれば、頭以上の急所を狙うしかない。

ぱっと思いつくのは、目、鼻、そして腰蓑の中のもの。

一番ヒットしそうなのは腰蓑の中のものだ。

オスであるなら生物である以上モンスターであろうが、ただで済むはずがない。

やってやる。

完全に変なスイッチが入った俺は、再び押し合《あ》いの中タイミングを見計らっていた。

先程《さきほど》と同じ様に呼吸の合間を見計らって、俺は盾を投げ捨て木刀の一撃にかけた。

今度はやったこともないゴルフの要領で玉に向かって渾身のフルスイングをお見舞いしてやった。

『グシャ』

という嫌《いや》な感触《かんしょく》が手に伝わってきた。

今度はゴブリンの雄叫びはない。これでもダメなのか？

盾も手放したしもうこれ以上は手がない。

猛烈《もうれつ》に焦りながらゴブリンに追撃《ついげき》をかける。

もう一度同じ場所に渾身の一撃をお見舞いしてやった。

今度も十分に手ごたえがあったが、なぜかゴブリンは反応を見せなかった。

やはりダメなのか……

絶望の念で意識が飛びそうになった次の瞬間、なんとゴブリンがぶっ倒れた。

ぶっ倒れたと思ったらそのまま消失した。

ついにやった。やってやった。

「うぉ～!!」

今度は勝利の雄叫びをあげた。

多分戦闘時間は三十秒もないぐらいだったかもしれない。だが俺にとっては永遠にも感じる三十秒間だった。

人生、いや命そのものをかけた三十秒だった。

次も同じことをやれと言われても出来ない。
ゴブリンが武器を持っていれば勝てなかったかもしれない。
アニメのヒーローの様なカッコいい勝ち方ではない。
生にしがみついた苦《くる》し紛《まぎ》れの一発によるギリギリの勝利だった。
物語の悪役が使う様な手で勝った。
でも俺は勝った。ついにあのゴブリンに勝った。
この感動をみんなに伝えたい。
感激の嵐と自己陶酔《とうすい》MAX中の俺に女神《めがみ》の声が聞こえてきた。
「ご主人様。カッコ良かったです。でも次からは私も一緒に戦わせてくださいね」
ああ……やっぱりこの幼女は紛《まぎ》れもない女神だ。
心のオアシスだ。
頑張《がんば》ってよかったと心から思える。
この声があれば、俺は何度でも頑張ることが出来る。
この時の俺は今度シルフィー教を世界に流布《るふ》せねばと真剣《しんけん》に考えてしまった。
二度目の二階層に挑《いど》んだその日、俺はゴブリンを倒した。
ついにスライムスレイヤーの汚名《おめい》を返上する時が来た。

俺の今のステータス

高木《たかぎ》　海斗《かいと》
LV　5
HP　16
MP　5
BP　14
スキル　スライムスレイヤー
　　ゴブリンスレイヤー（仮）　NEW

「おおっ」

なんと先程の戦闘でレベルが上がり、ついにLV5となった。

スライム千匹倒して1しか上がらなかったレベルが、たった一体のゴブリンを倒しただけで上がってしまった。

ゴブリンがスライムの千倍強いと言うわけではないと思うが、この辺の理屈《りくつ》は正直よくわからない。

俺はＬＶ５までに二年以上かかったが、これには個人差が大きくあるようで、探索者になってから一ヶ月《かげつ》程度でＬＶ５になったとか、半年足らずでＬＶ10になったという話も聞こえてくる。

もしかしたら俺は最遅のＬＶ５到達《とうたつ》者かもしれない。

ただし、探索者登録をした者の内の半分程度はＬＶ２迄《まで》でやめてしまう。

俺と同じように、二階層の壁《かべ》に阻《はば》まれ、スライムをいくら倒しても小遣《こづか》いにもならない。

なので、かなりの数の探索者が、二階層に潜るのを諦《あきら》め脱落《だつらく》してしまうのだ。

同時期に探索者になったクラスメイト達《たち》も、殆《ほとん》どが脱落して、コンビニ店員等にクラスチェンジしている。

それを考えると二年以上スライムを狩り続け、ＬＶ５まで到達した俺は、ある意味すごい。

そしてこの度、新しいスキルが出現していた。

「こ、これは！」

俺は新たなスキルの出現に一瞬歓喜《いっしゅんかんき》したが、少しスキルの表示がおかしい。

「ま、まさか！」

スキル　ゴブリンスレイヤー（仮）

読んで字のごとくゴブリンに対して補正がかかると思われるが
『(仮）ってなんだよ』

俺は　ゴブリンスレイヤー（仮）を意識して説明を見た。

ゴブリンスレイヤー（仮）……　ゴブリンに対する死の恐怖を克服《こくふく》し、一人で勝利した者に与えられる。

ゴブリンとの戦闘時全ステータス10パーセントUPの補正がかかる。

（仮）……　偶然による勝利の為（仮）となり本来のスキルよりも格段に効果が落ちる。

うーん。うれしいのは確かにうれしい。ただ補正が10パーセント。

俺のLV5になったステータスBP14がBP15になる……

全く強くなった気がしない。

しかも（仮）……

おそらく、スキル　スライムスレイヤーから推察すると、本来のスキル補正は50パーセントなのではないだろうか。それが（仮）のせいで10パーセントの補正になったと思われる。

説明に偶然による勝利の為（仮）とある。

確かに偶然勝てたと自分でも思う。

たまたま勝てた。それは間違《まち》いない。

だけど勝ったことには変わりがないはず。

なのに（仮）……

「神様はいないのか？」

「慈悲《じひ》はないのか？」

いやうちに半神は、いるけどさ。

おそらくスキルを発現している探索者はそんなに多くはないはずだ。

少なくとも知り合いの探索者には一人もいない。

一般的《いっぱんてき》にスキルを持っていること自体がレアケースであり、憧《あこが》れの対象である。

そんな中で俺はＬＶ５にして既《すで》にスキルを二つも持っている。

一つでもレアなのに二つも持っている。

これはものすごいことだと思う。

スライムスレイヤーについては、聞いたこともないウルトラレアスキルだ。
取得条件が特殊《とくしゅ》すぎるため、世界で俺だけのオンリーワンスキルの可能性が高い。
ゴブリンスレイヤーも同じくあまり聞いたことがない。
こちらも取得条件が理由だろう。
普通《ふつう》、死の恐怖を感じたら諦める。もしくは複数人数で挑む。
なので、こちらも取得条件を満たす探索者はレアケースだと思われる。
ＬＶ５にしてダブルスキルホルダー。
言葉の響きだけ聞くと凄くカッコいい。
なんか、これから英雄《えいゆう》になる探索者の初期設定っぽい。
だがしかし俺のスキルは、
スライムスレイヤー
ゴブリンスレイヤー（仮）
全く凄そうではない。
どちらもほぼ役に立たないクズスキル。
いつの日にかスキル昇華《しょうか》なんかして役に立つ日が来ないだろうか。
たぶん来ないだろうな……

はじめてゴブリンを倒しゴブリンスレイヤー（仮）のスキルを手に入れた翌日、俺は学校もダンジョンも休んだ。

別に病気になったわけではないが、全身筋肉痛でベッドから起き上がれなかったのだ。

昨日のゴブリンとの戦闘で、いわゆる火事場のバカ力を発揮した反動だろう。

朝目を覚ましてから全く動けなかった。

母親に学校に行くように叩《たた》き起《お》こされたが無理だった。

昼前にトイレに行きたくなった時には泣きそうに焦った。

限界まで我慢《がまん》したが尿意《にょうい》が限界を超《こ》える瞬間《しゅんかん》、俺の肉体も限界を超えた。

文字通り床《ゆか》をはってトイレまで辿《たど》り着《つ》いて事なきを得た。

丸一日ベッドの住民となりほぼ一日中寝《ね》ていたが、次の日若さと日ごろのダンジョンライフのおかげか、なんとか動けるようになったので学校に行くことにした。

授業が終わり、まだ本調子ではないので少し迷ったが、俺はまたダンジョンに潜った。

ほとんど病気かもしれない。

スライムを数匹狩《すうひきか》りながらまたゴブリンが待つ二階層へと来ていた。

先日の約束通り今日はシルフィーにも戦闘に参加してもらう事にした。

「シルフィー、頼《たの》むぞ！　ゴブリンを見つけたら速攻《そっこう》で『神の雷撃《らいげき》』をかましてくれ」

「かしこまりました。ご主人様」

シルフィーはモンスターをいつものように探知して誘導《ゆうどう》してくれた。

五分ほどでゴブリンを発見したが、よく見ると今度のゴブリンは武器を持っている。恐《おそ》らくショートソードと呼ばれる武器だろう。

俺では絶対に勝てない相手だ。

「シルフィー頼んだ」

「はい」

シルフィーは少しゴブリンに近づき
『神の雷撃〜』

『ズガガガーン』

「あ〜。こうなるか」

雷撃を受けたゴブリンは跡形《あとかた》もなく消えていた。

俺が絶対に勝てないであろう武器持ちゴブリンが瞬殺である。

「ご主人様、お腹《なか》が減りました〜」

ここのところシルフィーを戦わせていなかったので忘れていたが、これがあった。

俺はゴブリンの残された魔核《まかく》をシルフィーに渡《わた》し、摂取《せっしゅ》させた。

その後三時間程で十五匹《ひき》のゴブリンをシルフィーの雷撃で狩ったが、俺のＬＶは上がらなかった。

魔核も、当然の様にシルフィーが全部摂取してしまったので本日のリザルトは最初に狩ったスライムの魔核数個だけとなってしまった。

まずＬＶが上がらなかった件だが一匹倒《ぴきたお》しただけでＬＶが1上がったのに今日は十五匹倒しても全く上がらなかった。

これは恐らくＬＶアップに必要な経験値的なものが増えたのもあるとは思うが、別の可能性もある。

もしかして、サーバントが倒したモンスターの経験値は俺には還元《かんげん》されないのではないか。

もう少し様子を見ないと、はっきりとはわからないが、なんとなくその可能性が高い気がする。

もう一つは、なぜか今回の探索でゴブリンの魔核が手元に一つも残されなかった理由だ。

よく見てみるとゴブリンの魔核の方がスライムの魔核より少しだけ大きいのだ。

小指の爪《つめ》ぐらいのスライムの魔核に対し、ゴブリンの魔核は薬指の爪より少し小さいぐらいなのだ。

普通に考えると、魔力《まりょく》の含有量《がんゆうりょう》は魔核の大きさに比例するはずなので、ゴブリンの魔核は少量でも手元に残されてよさそうな物だったが、今回スライムの魔核もゴブリンの魔核も同じくシルフィーに摂取されて全《すべ》て消えてしまった。

おそらく、これが意味するものはシルフィーの『神の雷撃』一発のMP消費量がスライムとゴブリンの魔核一個分を超えているという事だろう。

戦闘中のステータスを確認《かくにん》した事が無かったが、スキルを使用するとMPが消費されるはずなので、明日シルフィーが『神の雷撃』を使用した時にMPの変化を見ておく事にしよう。

今まで一撃で倒してきたので気にしていなかったが、あれだけの威力《いりょく》なのだから無限に使用出来る筈《はず》が無い。

いざという時の為に明日しっかり確認しておこう。

昨日の考察を検証するため、翌日学校から帰ってからすぐにダンジョンに潜った。

まずはシルフィーの『神の雷撃』の燃費と使用回数の確認だ。

「昨日と同じように、ゴブリンを探して『神の雷撃』で倒してみてくれ」

「かしこまりました」

すぐにゴブリンと遭遇《そうぐう》したので、

『神の雷撃～』

『ズガガーン』

昨日と全く同じ光景が目の前に広がっていた。

俺は急いでシルフィーのステータスを確認する。

種別　ヴァルキリー

NAME　シルフィー

LV　1

HP　120

MP　80／90

BP　170

スキル　神の雷撃　鉄壁《てっぺき》の乙女《おとめ》

装備　神槍　ラジュネイト　神鎧　レギネス

思った通りMPが減っていた。10減っているので最大で9発撃《う》てるという事なのだろう。

昨日と同じように

「お腹が減りました」

と言って来たのでゴブリンの魔核を与える。

再度シルフィーのステータスを確認すると

種別　ヴァルキリー

NAME　シルフィー

LV　1

HP　120

MP　89／90

BP　170

スキル　神の雷撃　鉄壁の乙女

装備　神槍　ラジュネイト　神鎧　レギネス

こんどは思った通りMPが9回復していた。

恐らくスライムの魔核であれば6か7程度回復するのだろう。

サーバントにとって魔核はマジックポーションのようなものなのだろう。

大量に魔核を持ち歩けば無制限にスキル使用が出来るのかはまた今度検証することにする。

次にレベルアップだ。

昨日はゴブリンを十五匹狩《ひきか》ったがレベルアップする事は無かったので、とにかくシルフィーにゴブリンを狩り尽《つ》くしてもらうことにする。

途中《とちゅう》で初遭遇のスケルトンも出てきたが、ゴブリン同様にシルフィーの『神の雷撃』「ズガガガーン」で瞬殺だった。

この日も十五匹を狩り、それから一週間同じように狩り続け百匹以上のゴブリンを撃退《げきたい》したが予想通りLVが上がる事はなかった。

おそらくサーバントだけでモンスターを倒した場合俺に経験値が一切入ってこない。

となれば、試《ため》してみる選択肢は二つ。

一つは前回と同じように俺一人でゴブリンかスケルトンを倒す。

これは間違いなく経験値が入り、そのうちLVアップするとは思うが、前回勝てたのは、まぐれだ。

おそらく二度目は無い。

なのでこれは実質、手詰《てづ》まりだ。

もう一つの選択肢はサーバントとの共闘《きょうとう》である。

どの程度俺《おれ》が参加すれば良いかは不明だが、経験値が俺にも入ってくる可能性は十分あると思う。

これが現実的に選択《せんたく》できる唯一の方法だろう。

もうやってみるしか道はない。

ただし今の千五百円の木刀ではあまりに厳しい。

ここのところ殆ど稼げていないので、以前の稼ぎの残りである十万円しかないが、これで武器を揃《そろ》えるしかない。

ひとまず俺はダンジョンを切り上げてシールドを買ったダンジョンマーケットに向かった。

前回と同じおっさんを見つけ
「こんにちは。十万円まででゴブリンかスケルトンにも通用する武器は、何かないですか？」

「ゴブリンに初心者でもいけるのはピストルクロスボウガンだな。ただスケルトンには相性《あいしょう》悪いから超硬質《ちょうこうしつ》タングステンの棒も必要じゃね～か？」

「両方で十万円で足りますか」

「クロスボウの矢を二十本付けて十万で足りるぜ」

「わかりました。それでお願いします。ただ、クロスボウの使い方が分からないんですが」

「あ～それは簡単だ。矢をこうやってセットして狙いをつけてトリガー引くだけだ。一応射程は十メートルから二十メートルだが、慣れるまでは五メートルから十メートルぐらいからじゃないとなかなか当たらないから注意しろよ」

「ありがとうございます。助かりました」

お金を支払《しはら》ってすっからかんになった俺は再びダンジョンに戻《もど》って、レベルアップの検証をすることにした。

シルフィーの『神の雷撃』はオーバーキルすぎて共闘のしようがない。

となると今まで試したことの無いもう一つのスキル『鉄壁の乙女』を使用してみるしかない。

「シルフィー、次に敵を見つけたら『鉄壁の乙女』を使用してみてくれ」

「はい。かしこまりました。ご主人様」

それから五分足らずでゴブリンに遭遇したのですぐにシルフィーが『鉄壁の乙女』を発動した。

スキル名を唱えた瞬間シルフィーの周囲三メートルほどが淡《あわ》い光に包まれた。

ゴブリンがこちらに気付いて攻撃しようとしてくるが、光の壁に阻まれて全く効果が無いようだ。

この効果は光の円の中にいる俺にも効果があるようだ。

これは、いわゆる防御《ぼうぎょ》系スキルだな。

問題は効果時間と中から外に向かって攻撃可能かどうかだ。

「試してみるか」

まずは効果時間だな。

「シルフィー効果が切れたら、もう一度かけ直してくれ」

「かしこまりました」

とりあえず何もせずに効果が切れるのを待ってみる。

ちょうど一分ぐらいで光の円が揺《ゆ》らめいて効果が切れた。

間髪《かんはつ》を容《い》れずにシルフィーが『鉄壁の乙女』を発動すると再び光のサークルが発生する。

継続《けいぞく》時間はおよそ一分だな。

次に光のサークルの中からゴブリンを攻撃してみる。

まずは安全の為、近づかずにその場からボウガンで胸のあたりを撃ってみる。

「ギャ〜！」

なんと狙いが少し逸《そ》れて胸ではなく腹に刺《さ》さってしまった。

慌《あわ》てて連射したが、矢はあっさり頭と肩《かた》に刺さってゴブリンは消失してしまった。

「え⁉　まじで……」

二匹目のゴブリン狩《が》り。嬉《うれ》しいか嬉しく無いかと言われたら勿論《もちろん》嬉しい。

だが、しかし、ちょっと前に命までかけて倒した相手がこんなにあっさり倒せていいのか？

俺の覚悟と努力は一体なんだったのだろう……

二匹目の最強ゴブリン狩りは、俺の中でゴブリンが最強では無くなった瞬間であり、嬉しさとやるせなさの混在したなんとも言えない奇妙《きみょう》な後味を残した。

俺はその後もシルフィーの『鉄壁の乙女』の庇護《ひご》のもとゴブリンを順調に狩っている。

気になる『鉄壁の乙女』のMP消費は5だった。

『神の雷撃』の半分なので、シルフィーの魔核摂取《まかくせっしゅ》も半分で済んでいる。

あまりに簡単にゴブリンを倒すことが出来るので、調子に乗った俺は、ボウガンがあれば一人でも倒せるんじゃないかと思いやってみた。

「シルフィー、今度のゴブリンは、俺一人で狩るから手を出さずにおいてくれ」

「かしこまりました」

俺はボウガンをあらかじめセットして再度ゴブリン戦に臨《のぞ》んだ。

見つけたゴブリンに気づかれないよう、少し遠目の二十メートルぐらいから狙いをつけてボウガンの矢を発射。

なんとか腕《うで》に命中したが、こちらに気付いたゴブリンが
「グギャー！　ギャ、ギャ、ギャ!!」

と怒り狂って突進してきた。

焦って連射するが、当たらない。

焦っているのもあるが、目の前の動かない敵と動くターゲットは全く別物だった。

全く当たらない。

あたふたしているうちにゴブリンは目の前まで迫《せま》っていた。

迫り来るゴブリンにまた死を覚悟してしまった。

やばい！　今度こそ死んでしまう！

そう思った瞬間、悪あがきで放ったボウガンの矢が、目の前にいたゴブリンの胸に命中した。

怯《ひる》んだゴブリンを見て、冷静になる間も無く、矢で追撃するとゴブリンは消失した。

「ふ〜っ」

大量の冷《ひ》や汗《あせ》が出ているが一息つくことができた。
「ご主人様さすがです。凄《すご》くかっこよかったです。次もお一人で狩りをされますか?」
一切の嫌味《いやみ》を含《ふく》まない純粋《じゅんすい》なるシルフィーの声。
俺は先程の戦闘《せんとう》で破れそうなぐらい大きくなった心音を、引きつったポーカーフェイスもどきで誤魔化《ごまか》しながら
「う〜ん。一人で狩るのは満足したから、次からはやっぱり二人で狩ろう。一人より二人の方が楽しいだろ。一人で狩るのもいいけど、やっぱりシルフィーと一緒が一番だな」
「そんなに私のことを思ってくださっているんですね。嬉しいです」
今までにないような、弾《はじ》けるような声と笑顔《えがお》でシルフィーの返事が返ってきた。
…………その笑顔が辛《つら》い
……………………心が痛い
…………魂《たましい》が痛い
……俺はやっぱりクズだ
死にたくなるような罪悪感を感じながら
「あたりまえだろ。シルフィーの事が一番大事だからな」
「ありがとうございます。これからもがんばります。海斗様がご主人様で本当によかった」

…………その笑顔が眩《まぶ》しすぎる

…………眩しくて目が潰《つぶ》れそうだ

…………その声で耳も潰れそうだ

……神罰《しんばつ》がくだるかも

シルフィーと一緒だとあまりに簡単に倒せるから、ちょっとは自分も強くなったような錯覚をおこしていた。

だけど実際には、やっぱり俺はモブでゴブリンは強かった。

これからは調子に乗らずに、シルフィーさんを頼《たよ》りに地道に頑張ろうと決心した。

それから俺はシルフィーとの連携《れんけい》で同じやり方を繰《く》り返《かえ》し十匹ほど倒した。

そして遂《つい》にその時はきた。

俺は遂にレベルアップした。

高木　海斗
ＬＶ　６
ＨＰ　18
ＭＰ　６

ＢＰ　16

スキル　スライムスレイヤー

ゴブリンスレイヤー（仮）

装備　スチールシールド

ピストルボウガン

タングステンロッド

殺虫剤

今度は特にスキルが顕現《けんげん》することはなかったが、ついにＬＶ６だ。

探索者《たんさく》を始めて二年間で、ＬＶ１からＬＶ３に二つしか上がらなかった。それがシルフィーと一緒《いっしょ》に狩りをするようになってまだ四ヶ月程度なのに、既にＬＶ３からＬＶ６に三つも上がった。

俺の中では劇的に探索者ライフが変化した。

シルフィーを顕現させてから、既に二回も死にかけたけど、俺にとって憧れだった夢とロマンの探索者ライフが少しだが送れてる気がする。

未《いま》だ英雄になれる気は、残念ながら一切《いっさい》しないが、万年スライムスレイヤーだった俺が今はゴブリンスレイヤー（仮）になっている。

今迄にない手ごたえと充実感《じゅうじつかん》にあふれている。

本当にシルフィーと出会えて良かった。

シルフィーは今のところ俺にとって女神様だ。

十億円ロストの衝撃《しょうげき》は未だ完全に癒《い》えてはいないが……

「ありがとうシルフィー」

心からの言葉が自然と口をついた。


俺は今日も放課後に、シルフィーの庇護下のもと、二階層で探索している。

先日の反省を活《い》かして、全面的にシルフィーを頼っている。

知らない人が見ると、ちょっと情けなく見えるかもしれないが、そんなのは完全無視だ。

おかげで、順調に探索をすすめることができている。

途中珍《とちゆうめずら》しく、他の探索パーティと遭遇した。

三人組パーティで俺と同い年か、少し上ぐらいに見えるがゴブリンを　三人がかりでしとめにかかっている。

前衛の男がゴブリンを誘導して、中衛、後衛の担当がそれぞれゴブリンの死角に入り、攻撃《こうげき》を窺《うかが》っている。

三十秒程《ほど》のせめぎ合いの後、死角から一気に攻《せ》め立《た》てて勝負は決まった。

見ていて正直うまいと思ってしまった。

勝負に勝った三人は、ハイタッチをして喜んでいる。

三人のうちの一人と目が合った俺は軽く三人に会釈《えしゃく》をして早々に立ち去った。

理由はシルフィーをあまり他人に見せたくなかったのと　もう一つある。

パーティメンバーの中衛と後衛は女の子だった。

しかも結構可愛《かわい》かった。

くそっ。リアルリア充《じゅう》か。

前衛の男も確かに、少しだけカッコ良かった気もするが世の中理不尽《りふじん》だ。

今でこそシルフィーがいるが、二年以上ソロでやってきた俺からすると、完全に敵だ。

くそっ、うらやましい……アオハルかよ。くっ……

ダンジョンでは広さと多岐《たき》にわたるルートの所為《せい》で他の探索者に会うことはそんなに頻《ひん》繁《ぱん》にはない。

特に一階層でスライム狩りをしている時には、ほとんど出会わなかった。

二階層に進出して、時々見かけるようになったが、今のように、戦闘シーンに出くわしたのは、初めてだった。

三人組なので今の俺にはあまり参考にはならなかったが、他の人の狩りを見るのは初めてだったので、結構新鮮《しんせん》だった。

俺も、三人パーティになったら、あんな風に戦うのかなと、イメージが膨《ふく》らんだ。

もちろんイメージの中の三人目は可愛い女性だ。

次こそ可愛い女の子をパーティに入れたい。

幼女ではない同世代の女の子を。

そんなバカなことを考えながら、歩いていると前方奥《おく》に発光する骨、いや発光するスケルトンがいた。

「シルフィー、あれってスケルトンだよな」

「光っていますけど、スケルトンですね」

「もしかしたら、金色スライムと同様レアモンスターかもしれない。確実に倒《たお》すぞ」

「かしこまりました」

「シルフィー『鉄壁の乙女』を使ってくれ」

「かしこまりました。『鉄壁の乙女』」

襲《おそ》ってきた光るスケルトンは、光のサークルに阻まれて立ち往生している。

それをいつもの通り、タングステンロッドでぶっ叩く。

『ガンッ！』

「ぐっ、かたいっ」

いつもならこの一撃《いちげき》で骨を粉砕《ふんさい》できるのだが、鈍《にぶ》い音がして攻撃が通らなかった。

おまけに、手が思いっきり痺《しび》れてしまった。

やっぱり普通のスケルトンとは違《ちが》うようだ。

決定打を持たない俺とは完全に相性が悪い。

「シルフィー『鉄壁の乙女』が解けたら、すぐに『神の雷撃』を頼む」

「かしこまりました。それではいきますね。『神の雷撃』」

『ズガガガーン』

俺では一切ダメージを与《あた》えられなかった光るスケルトンは、シルフィーの一撃で、跡形《あとかた》もなく消え去っていた。

俺は光るスケルトンが消失した跡を凝視《ぎょうし》していた。

シルフィーの時のように、何かドロップアイテムがあるのではないかと思ったからだ。

だが残念ながら、ドロップアイテムらしきものはなく、魔核が一個だけ残されていた。

その魔核を拾い上げてみると、通常の魔核と違って少し赤みがかっていた。

少しだけ不思議に感じたが、大きさも通常のものと変わらないので、スキル連発で頑張《がんば》ってくれたシルフィーへのご褒美《ほうび》に渡しておいた。

シルフィーもいつも以上に満足そうに摂取していたので俺も嬉しかった。

その後、俺は地上に戻ってからいつものように魔核を売るためにギルドに寄った。

今回も日番谷《ひつがや》さんに担当してもらい

「日番谷さん、光るスケルトンって知ってますか？」

「どうされたんですか？」

「いや実は今日、二階層で遭遇して倒したんですよ」

「高木様。それは本当ですか？」

「もちろん本当ですよ」

「では魔核をお持ちですか？」

「い、いや。少し赤みがかった魔核を手に入れたんですが、次の戦闘中に無くしてしまったみたいで……」

俺はシルフィーに摂取させたとは言えず、とっさに誤魔化した。

「落とされたんですか。赤みがかっていたとの事ですので、まず間違いないですね」

「何がですか？」

「高木様が倒されたのは、滅多《めった》に現れないレアモンスターです。赤みがかった魔核は通常の魔核と違い特別な価値があるのです」

「え？　そうなんですか。ちなみにどのぐらいの値段ですか？」

「大変申し上げにくいのですが二百万円以上はすると思われます」

「二百万円……」

「一度遭遇《そうぐう》したのですからまた会えるかもしれません。気を落とさず頑張ってください」

「はい……」

やってしまった。何も考えずにシルフィーに渡してしまった。

俺のばか……

二百万円が一瞬《いっしゅん》で無くなった。

レアモンスターの魔核は高額……

考えれば誰《だれ》にでもわかることだ。

俺はなんてばかなんだ。

再起する自信がない……

あまりにショックな出来事のせいで気力を失ってしまい、再び俺がダンジョンに潜《もぐ》る気力を取《と》り戻したのは、それから三日後だった。

俺は今日も二階層に潜っている。

何とか立ち直った俺は、シルフィーと一緒にゴブリンを倒し続けている。

ゴブリンに混じってたまにスケルトンにも遭遇するのでスケルトンも倒しているが、こちらはゴブリンよりも大変だ。

何しろ骨しかないので、クロスボウは当たらないし効果が薄《うす》いので、タングステンの棒でぶっ叩く。頭蓋骨《ずがいこつ》を粉砕してようやくロストする。

棒で叩くということは、それだけ近づかなければいけないということだ。

シルフィーの『鉄壁の乙女』に守られてはいるが、時々振《ふ》るった腕が光のサークルから出てしまう。

昨日は知能の高い個体に、出た腕を狙《ねら》われてしまい、危《あや》うく引きずりこまれかけた。

結構危なかった。

まだまだ気を抜《ぬ》いてはいけないと、自分自身に誓《ちか》った。

俺のレベルは三ヶ月《かげつ》の間に　なんとＬＶ８となっていた。

高木　海斗

ＬＶ　８
ＨＰ　18
ＭＰ　８
ＢＰ　19
スキル　スライムスレイヤー
　　　　ゴブリンスレイヤー（仮）

ＬＶ10も一つの区切りではあるが、それ以上に目指しているのがＢＰ20である。

探索者のＬＶによるステータスは個人差が大きく、ＬＶはあまり重要視されない。

最も重要視されるのがＢＰである。

ＢＰ20でなんとストーンランクにランクアップできるのだ。

最底辺のウッドランクからの脱却《だっきゃく》。

俺の夢の中の一つだが、もう目の前の手の届くところまで来ていると実感できていた。

そのせいで、ここの所いつも以上に気合が入っており、時間の許す限りギリギリまで潜っている。

そしてついにその時がやってきた。

高木　海斗
ＬＶ　9
ＨＰ　19
ＭＰ　9
ＢＰ　20
スキル　スライムスレイヤー
　　　　ゴブリンスレイヤー（仮）

「おお～、やった。ついに俺もＢＰ20だ」

「ご主人様、おめでとうございます。」

「ああ、ありがとう。これもシルフィーが居てくれたおかげだよ」

ＢＰ170のシルフィーに祝われるのは少し照れくさかったが、素直《すなお》に嬉しい。

しかし俺のステータスは、ＬＶ１毎《ごと》にそれぞれの数値がほぼ１しか上がっていない。

ファンタジーの王道主人公がほとんど持っている、初期の成長補正らしきものは全く見当たらない。

きっと俺は、大器晩成型の英雄《えいゆう》に違いないと望みの薄い期待にすがるしかない。

LV1の時のBPが10だったので、ちょうど倍になった計算だが、残念な事にあまり強くなった実感は薄い。

単独で二階層のモンスターをすいすい倒せるわけでもない。

BPだけではない他のステータスも影響《えいきょう》しているのかもしれない。

正直そこら辺のことはよくわからないが、とにかく二年以上かかって、ようやく探索者になった時に目指した当初の目標をクリアした。

俺は、はやる気持ちを抑《おさ》えきれず、すぐ切り上げてダンジョンギルドの受付にランクアップ申請《しんせい》を行いにきた。

「ランクアップの申請お願いします」

「かしこまりました。そちらでおかけになってお待ちください」

十五分ぐらいで受付の人に呼ばれた。

「高木海斗さま～」

「はい」

「ランクアップおめでとうございます」

「こちらがストーンランクの探索者識別票になります」

渡された識別票は木製から石製に変わっていた。

「ストーンランクへのランクアップの特典ですが、すべての買取価格が三パーセント割増となります。またダンジョンマーケットでの買い物がレアアイテムを除き三パーセント割引となります」

「わかりました。ありがとうございます」

最底辺から一つ上がっただけなので、正直特典はショボイ。

ショボイがそんな事はどうでもいい。

ついに俺は探索者としてランクアップを果たしたのだ。

誰でも登録すればなれるウッドランクからＢＰ20が必要となるストーンランクに上がれる確率はおよそ四割。

六割の探索者はウッドランクのまま辞《や》めてしまう。

俺は四割の壁《かべ》をやぶったのだ。

四割と言えば、真ん中である五割より一割も上位という事だ。

四捨五入すると探索者全体では上位といっても過言ではない……はず。

たかが下から二つ目のストーンランクではあるが、俺にとっては二年以上にわたる探索者ライフの存在証明のようなものだ。

まさにプライスレスな価値がある。

ストーンランクになったからといっても明日から何も変わらない。

別に強くなったわけでもなんでもない。

それでも俺は明日からストーンランクの探索者としてダンジョンに潜る。


いつものように今日も俺は学校に登校している。

俺の通っている高校は、まあ普通《ふつう》ぐらいの難易度の高校だ。

結構人数は多くて一クラス四十人で十クラスある。

成績順に一組から順番にクラスが分かれており、俺は四組だが四組の中でも中間ぐらいの成績だ。

毎日探索者として潜っているわりには、頑張っている方だろうと自分では思っている。

朝クラスについて、自分の席に座ってから友人と呼べる二人、大山真司《おおやましんじ》と水谷隼人《みずたにはやと》の二人にだけ向けて
「おう」

と声をかけ、二人からも同じように
「「おう」」

と返ってくる。

よくスクール物にある、教室に入ると同時に全員に「おはよう」と声をかけるような爽《さわ》やか青春キャラではないが、全くのボッチの陰《いん》キャラという訳でもない。

良くも悪くも目立っていない、クラスメイトA的なポジションの俺だ。学校でも正にモブステータス通りのポジションだ。

学校の授業は結構真面目《まじめ》にノートを取って聞いている。

流石《さすが》に家では勉強しないので、学校では真面目にやらないとテストがやばい。

探索者を続ける為《ため》に親から学年二百位以内という条件を課されているからだ。

昼休みに真司と隼人の三人で昼飯を食べるのが日課となっているが
「海斗、探索者の方はどんな感じ？」

「う〜ん。まあまあだな」

「まあまあか。相変わらずスライムいっぱい倒してんのか？」

「いや。スライムは卒業したよ」

「え？　探索者やめたのか？」

「違うって。今は二階層でゴブリンとスケルトン狩ってるんだって」

「え⁉　まじで？」

「うん。まじ」

「海斗おまえすげーな。おい」

「どうやって倒したんだよ」

「いやまあ、実力だよ」

「は～？　何言ってるんだ？」

真司も隼人も俺と同じ時期に探索者になったが、二人とも一階層で挫折《ざせつ》して、半年で辞めた経緯《けいい》を持つので、俺が探索者を続けていることに、半分呆《あき》れて半分はリスペクトしてくれている。

なので、ある程度、以前までの探索者としての俺の状況《じょうきょう》は把握《はあく》しており、二階層へのジャンプアップは半信半疑なのだろう。

俺もシルフィーの事は、なんとなく言い難《にく》いので、ぼやっとさせながら答えてしまっている。

数少ない友達の二人であれば、伝えてもたぶん大丈夫《だいじょうぶ》だとは思うが、ゴッズ系のサーバントカードの所持者とはあまり知られたいものではない。

おまけにサーバントが、可愛い幼女とくれば、周りに知られれば、どんな噂《うわさ》が立つか、考えただけでも恐《おそ》ろしい。

モブキャラどころか、社会的に抹殺《まっさつ》される危険性がある。

少なくとも学校での今の俺のポジションは吹《ふ》き飛んでしまうだろう。

「そんなことより、彼女欲《かのじょほ》しいな～」

「またそれか。普通に無理でしょ」

「無理じゃないって」

「ただでさえモテないのに年中ダンジョン潜ってたら絶対無理でしょ」

「ぐっ……」

ちなみに俺たち三人とも彼女はいない。

というより人生イコール彼女のいない年数の三人だ。

モテないからと言って、女性に興味がないわけではない。むしろ年相応以上に興味はあり、好意を寄せる子もいる。

「葛城《かつらぎ》さん　かわいいな～。さっき、ちょっと俺の事見てたんだよな～」

「ないない」

「完全に妄想《もうそう》はいってるな」

「葛城さん彼女になってくれないかな～」

「「それは絶対にない」」

と、いつもの不毛な会話が続く。

俺は葛城春香《はるか》さんの事が好きだ。葛城さんとは小学生から同じ学校で、何度かクラスも一緒になった事がある。広義的に言えば幼馴染《おさななじみ》と言えなくもないが、特別仲が良かった訳ではないものの同級生として、小学校の低学年の頃《ころ》はそれなりに会話もあった。

それが思春期に近づくにつれて全く話さなくなった。

ただ、小学校の五年生の時に起こった衝撃的《しょうげきてき》な出来事を経て、今は完全に惚《ほ》れている。

あくまでも陰《かげ》ながら、完全に一方的にだが、決してストーカーとかではない。

俺の知る限り、葛城さんに彼氏《かれし》がいたことはないはずだが、学校では結構人気がある。

時々告白されているようだが、まだ誰とも付き合ってはいないようだ。

もしかしたら俺の事を待ってくれているのか？

なんていう少し気持ち悪い妄想もはいっているが、高校生活もあと半分になってしまった。

今のところ告白する勇気も接点もないが、なんとかならないものか日々考えている。

探索者としてゴブリンスレイヤー（仮）にランクアップできたように、私生活でも葛城さんの彼氏にランクアップできないものだろうか。

ランクアップに必要なアイテムである私生活でのサーバントカードが欲《ほ》しい。

実際にはそんなものありはしないのだが。

夢とロマンの探索者として成功して英雄になりたいのと同じぐらい葛城さんと付き合いたい。

ダンジョンライフでは、すでに命をかけた絶対に負けられない戦いを経験済みなのに、スクールライフでは一切命をかける戦いをする素振《そぶ》りも、勇気もない俺だった。

以前は、ダンジョンの二階層に行けたら告白しようと心に決めていた。

二階層に到達《とうたつ》した今は、三階層に到達したら今度こそ告白しようと心に決めている。

第三章 » Lv10の奇跡

俺《おれ》はストーンランクになってからモチベーションが一気に上がり、今まで以上にダンジョン探索にのめり込んでしまっている。

もう完全にダンジョン中毒かもしれない。

中学生の頃に　VRゲームにハマった感覚に近い。

寝《ね》る間を惜《お》しんででもやりたい。やってないとダンジョンのことばかり考えてしまう。

もはや、ほとんど病気だ。

レベルアップやランクアップ、スキルの発現やサーバントの存在など今までになかった事の連続で、正直楽しくて仕方がないのだ。

まるで自分がゲームの主人公にでもなったような錯覚《さっかく》を覚えてしまう。

ランクアップ後は、ほぼ毎日潜《もぐ》っているが、残念ながらランクアップ以降レベルアップはしていない。あと一つでLV10となるが、明らかにレベルアップのペースが落ちてきた。

一階層でLV3で頭打ちになったように、そろそろ二階層でのレベルアップ限界が近づいていると思われる。

なかなかレベルアップはしないが、伝説のスライムスレイヤーの俺からしてみれば、この程度の時間は全く苦にはならない。

金色のゴブリンでも出てこないかと二匹《ひき》目のドジョウを思い、日々狩りに没頭《ぼっとう》している。

そしてついにその日が来た。

高木《たかぎ》　海斗《かいと》
ＬＶ　10
ＨＰ　25
ＭＰ　12
ＢＰ　25
スキル　スライムスレイヤー
　　　　ゴブリンスレイヤー（仮）
　　　　神の祝福　　ＮＥＷ

俺はＬＶ10に到達した。

一般的《いっぱんてき》にＬＶ10には、特には何の意味をも持たないと言われているが、なんと俺には劇的な変化が起きた。

「おおーっ！」

自分でステータスを二度見してしまった。

まずステータスの数値だが、今までほとんどＬＶ１につき１ずつしか上がらなかったのが、何とＢＰが５も上昇《じょうしょう》していた。

ＨＰに至っては６も上昇している。

正直俺に何が起こったのかわからないが、
確変が起こったのか？

それとも何かの間違《まちが》いか？

俺の時代がやってきたのか？

舞《ま》い上《あ》がった状態でステータスを確認《かくにん》すると一番端《はし》に何と三つ目のスキルが顕現していた。

その名も『神の祝福』。

なんか名前だけで主人公のスキルっぽい。

おそるおそる、スキル名を意識し説明を確認した。

神の祝福　……　神およびその眷属《けんぞく》に愛されているものに与えられる。レベルアップ時にステータス上昇補正がかかる。上昇率《じょうしょうりつ》は神およびその眷属からの愛の程度に依存《いそん》する。

これは……まさかのチートスキル。
正真正銘《しょうしんしょうめい》の主人公補正スキルではないのか。
内容からすると　俺に神の知り合いは一人しかいない。
まず間違いなくシルフィーに関係するスキルだろう。
シルフィーとの『愛』が深まった為に顕現したスキルに違いない。
もちろん『愛』といっても　ロリコンLOVEではなく親愛や敬愛の方だ。
もうシルフィーには頭が上がらない。
いや、やっぱりシルフィーさまと呼ぼうかな。
今まで二年以上一人でスライムを狩《か》り続けてきた。
最底辺のLV3でも自分なりに頑張ってきた。
誰にも相談できなかったが、本当は不安しかなかった。
上がらないレベル。

上がっても1ずつしか上昇しないステータス。

自分がクラスメイトAのモブである自覚はあったが、もしかしたら自分もいつか主人公になれるんじゃないかと夢見ていた。

最底辺でも続けていれば、諦《あきら》めさえしなければ、いつか夢に見た英雄になれるんじゃないかと本気で思っていた。

だが現実は甘《あま》くなかった。

話に聞く有望探索者は、一ヶ月で俺のステータスやレベルを軽く超《こ》え世の中で認知《にんち》されていく。

みんなに認められたい、クラスメイトAのモブキャラではなく『高木海斗』として認められたい。

周りがどんどん離脱《りだつ》していく探索者を続けて行くことで、俺はモブへの抵抗《ていこう》をしていたのだ。

ただ、現実の俺はモブ以外の何者でもなかった。

やっぱり不安だった。

孤独《こどく》だった。

苦しかった。

ＢＰが5アップしたからといって誰かに認められるわけではない。

誰かに褒《ほ》められるわけでもない。

劇的に強くなったわけでもない。

だけど俺にとっては今までの全《すべ》てが報《むく》われたとさえ思えた。

まだこれからだ。そう思えた。

探索者になってよかった。

シルフィーに出会えて本当によかった。


ＬＶ10に到達しＢＰ25となった俺は二階層で完全に成長限界を感じていた。

以前はあれほどの恐怖《きょうふ》を感じていたゴブリンだが、今は俺と同程度の強さであると認識《にんしき》している。

仮にシルフィーの助けがなくても、すぐにやられてしまうという事はないだろう。

だが三階層に向かうという事は、確実にゴブリンやスケルトンを超える強さを持つモンスターが相手となるという事だ。

俺にとっては初めて踏み入れることになる未踏《みとう》、未知の領域だ。

未知の領域だがもちろん情報はある。

二階層まではモンスター単体でしか出現しなかったが、三階層からは複数体でも出現するとのことだ。

つまりシルフィーがモンスター一体にかかっている間に、俺も本格的に戦闘《せんとう》を行う必要があるという事だ。

今の俺では、レベルやBPは三階層への挑戦権《ちょうせんけん》を得る段階に到達したとはいえ、圧倒的《あっとうてき》に一人で戦う術が不足している。

「シルフィー、俺は今日からしばらく一人で二階層に潜ろうと思う」

「私何か悪いことしましたか？　ご主人様を怒《おこ》らせるような事をしてしまったのでしょうか。私はもう必要ないですか？」

「い、いや違う。シルフィーは何も悪くないんだ。実は今度三階層への進出を考えているんだけど、今のままではシルフィーに頼《たよ》りっきりになってしまう。三階層でお荷物にならないように少し自分を鍛《きた》えたいんだ」

「ご主人様がお荷物なんてありえません。でもそこまで考えられてるなんて、やっぱりご主人様はさすがです」

「あ、ああ、ありがとう。それともう一つ。俺はシルフィーのことを本当に信頼《しんらい》しているし感謝している。サーバントというより頼りになる妹のように思っている。これからもっと良い関係を築きたいと思っているんだ」

「まず手始めに呼び方をシルフィーからシルにしようかと思うんだけど、どうだろう」

「ありがとうございます。そんな風に思ってくださってうれしいです」

シルフィー、いやシルは大きな青い目を潤《うる》ませながらまっすぐ俺を見て
「こんなに私のことを思ってくれるご主人様に出会えてシルは幸せです」

俺は自分で言い出した事ではあるがシルの反応を見て思わず照れまくってしまった。

普通に可愛い。

シルが異常に可愛い。

シルの破壊力《はかいりよく》が半端《はんぱ》ない。

こんな妹がいたらなんでも買ってあげそうになるだろう。

これが『シスコン』というものだろうか？

いや、これこそ世に聞く『妹萌《も》え』というやつだろうか？

シルのこの笑顔《えがお》だけで今日一日一人で頑張れそうだ。

それから俺は一人でゴブリンとスケルトンへ挑《いど》んだが二度と前回のような失敗は繰《く》り返《かえ》さない。

ゴブリンを発見すると、出来るだけ遠くからボウガンで一撃かました。やはり急所に命

中する事はなく、肩口《かたぐち》に命中したが前回と同じように「グギャー」と怒《いか》り狂《くる》いながら突進《とっしん》してきた。

前回と違うのは俺だ。

落ち着いてボウガンからシールドとタングステンの棒に持《も》ち替《か》え、まずシールドでゴブリンの勢いを殺した。

『ドガッ』

凄《すご》い衝撃《しょうげき》が来たが、以前の戦闘時と違い押《お》し負けずになんとか耐《た》えることが出来ている。

ここ数日寝る前に、脳が擦《す》り切《き》れるほどシミュレーションしてきた。

焦《あせ》らず、盾《たて》の隙間《すきま》からゴブリンのむこう脛《ずね》に思いっきりタングステンロッドをぶちかましてやった。

「グゥワーッ」

『ガツン！』

と手ごたえ十分だ。続けて、もう一本のむこう脛にもかましてやった。

「ギャーッ」

これで勝負は決まった。俺はすぐに追撃《ついげき》をかけ動けなくなったゴブリンにとどめを刺《さ》した。

三体目にしてようやく余裕《よゆう》を持って狩ることができた。

「次はスケルトンだな」

調子の出てきた俺はスケルトンを探し、見つけた瞬間《しゅんかん》、シールドとロッドを持って、猛然《もうぜん》と突撃《とつげき》した。

シールドでスケルトンの動きを封《ふう》じてゴブリンの時と同じように、むこう脛にぶちかます。

『ゴキン』

とスケルトンの足が折れた。

骨は鉄ほどの強度を持つと言われるが、タングステンは鉄よりもはるかに硬《かた》い。

レベルアップした俺の膂力《りょりょく》と合わさり、会心の一撃となった。

あとは頭蓋骨を破壊《はかい》して戦闘はあっさりと終了《しゅうりょう》した。

はじめて一人でスケルトンを狩ったが、俺の装備とは思いの外、相性《あいしょう》が良かった。

その後一週間の間俺はゴブリンとスケルトンを一人で狩り続けた。

少しだがソロでの戦闘にも慣れてきたので明日遂《つい》に俺は三階層へ挑む。

しっかり睡眠《すいみん》をとって万全《ばんぜん》の状態となり俺は今三階層に挑んでいる。

もちろんシルも召喚《しょうかん》して準備万端《ばんたん》の状態だが、まだ見ぬ敵に緊張感《きんちょう》MAXで、恐る恐る進んでいる。

シルの能力でモンスターはすぐ見つかった。

前方にヘルハウンドが二匹いる。

早速《さっそく》、三階層の洗礼なのか複数体のモンスターとの戦闘になりそうだ。

ヘルハウンドは、恐らく戦闘力《せんとうりょく》自体はゴブリンとそう変わらないと思われる、下級に分類されるモンスターだ。

ただ、人型のゴブリンと違い、知能はそれほどでもないが、四つ足の獣《けもの》型なので当然スピードはゴブリンや人間をはるかに凌駕《りょうが》している。とギルドに置いてあるモンスターガイドに載《の》っていた記憶《きおく》がある。

まずはいつもの通りボウガンで先制攻撃《こうげき》をかける。

しかし、初めての獣型の上ゴブリンと違って狙うポジションがかなり低いせいで、完全に外してしまった。

俺は慌《あわ》てて指示を出す。

「シル『鉄壁《てつぺき》の乙女《おとめ》』だ」

「かしこまりました」

すぐにシルに『鉄壁の乙女』を発動させヘルハウンドを迎撃《げいげき》する態勢を整えた。

すぐに襲《おそ》いかかってきたヘルハウンドが光のサークルに阻《はば》まれ
「ウ、ウゥう〜」

と唸《うな》り声《ごえ》を上げている。

十分に引きつけてから思いっきりタングステンロッドで頭をぶっ叩《たた》いた。

幸先《さいさき》よく一匹目はすぐに仕留める事が出来た。

「次だ」

二匹目を仕留めようとすぐ目を向けるが、既《すで》にそこにはヘルハウンドの姿は無く、後ろに回り込まれていた。

「速っ！」

移動したのが見えなかった。

後ろに回り込んだヘルハウンドをタングステンロッドで攻撃しようとしたが、光の壁から距離《きょり》を取られているため、円の中からでは届かない。

明らかに、一匹目への攻撃を学習している。

『乙女の鉄壁』の有効時間はまだ半分以上残っているはず。

大丈夫だ。

俺は焦る気持ちを抑え込み、もしもの時の為に用意していたものをリュックから取り出した。

世界最臭兵器『シュールストラーダ』発酵《はっこう》深海魚の缶詰《かんづめ》を。

息を止め、一気にプルトップを引き上げヘルハウンドに向かって投げつけた。

飛んでいった缶《かん》は避《よ》けられ当たることはなかったが、地面に散乱した内容物が人の数十、数百倍あるであろう嗅覚《きゅうかく》の持ち主である、獣型モンスターには劇的に効いた。

「キュー、ワン　ワン」

獰猛《どうもう》なヘルハウンドが普通の犬のような声を出して暴れはじめたのだ。

俺は完全に俺から意識の逸《そ》れたヘルハウンドに向けてボウガンを連射した。

見事二本が頭部と胴体《どうたい》にヒットし、しとめることができた。

地面に残された魔核《まかく》は少し色が違《ちが》うが、ゴブリンのものとほぼ同程度の大きさだった。

「ご主人様。やりましたね。三階層でのはじめてのモンスターでも、問題なく倒《たお》せましたね。さすがです」

無事に三階層での初戦闘をクリアできたが、内心俺は焦っていた。

二階層までは単体の敵だったので初見殺しで勝つことができていた。

それが二匹に増えた途端《とたん》に、二匹目にはあっさり、いつもの攻撃手段が通じなかった。

結果として『シュールストラーダ』を使い劇的に効果を発揮した。

しかし、本来これは奥《おく》の手《て》のつもりだった。

効果も不確定だった。

それを初戦から使用する羽目になってしまった。

おそらく今後も同レベルのモンスターであれば一匹目は問題なく倒せる。

二匹目も同じ戦法が通用するのであればなんとかなる。

しかし、三匹以上が同時に出現した場合の対抗《たいこう》手段が今の俺にはない。

どうしよう……

散々、脳内シミュレーションした作戦を練り直す必要がある。

色々考えてみたが、今はこれしかない。

俺が思いついたのはシルによる『神の雷撃《らいげき》』連発作戦だ。

シル頼《だの》みの力押し。

一匹目もしくは二匹目まで俺が倒し、三匹目以降の敵には、シルの『神の雷撃』をお見《み》舞《ま》いして、しとめる。

これが単純だが今の俺に立てられる、唯一《ゆいいつ》の作戦だった。

その日、ヘルハウンドやデビルボアの群れに遭遇《そうぐう》したが、作戦通りに上手《うま》くいき、全てのモンスターを倒すことができた。

結局この日ダンジョンに出現したモンスターは、一番多くて三匹だった。

今日のリザルトは、
魔核　二十個－シル摂取《せっしゅ》分十三個　＝　七個×七百二十一円－『シュールストラーダ』六千円×三個

金額はマイナス一万二千九百五十三円となった。甘く考えていたわけでは無いが三階層に潜《もぐ》った途端、非常にまずい状況に陥《おちい》ってしまった。


俺が探索者《たんさくしゃ》になったのには理由がある。

もちろん、かっこいいからという単純な理由も大きい。

だが本当の理由は、誰《だれ》にも言ったことはないが小学生の頃に遡《さかのぼ》る。

俺は小学生の低学年の頃、そこそこ運動能力が高かった事と、社交的だった事もあり、クラスの中心人物とはいかないまでも、それなりにクラスでは目立った存在だった。

その頃は友達も男女問わず多かった。

ただ特別、好少年というわけでもなく、自分から進んで善行を行うこともなかった。

むしろ、どちらかというとクラスの中でも騒《さわ》いでいる事が多かった。

そんな小学生生活も高学年に近付くにつれ、変化を見せはじめていた。

低学年の頃は、運動能力や社交性が特に重要視されていたが、高学年になるにつれ、そこに学力やルックスという要素が大きく影響するようになってきた。

それらの要素が色濃《いろこ》くなるにつれ俺の評価も相対的に下がる事となった。

学校で以前ほどの活躍《かつやく》の場がなくなった俺は、丁度その頃に親に買《か》い与《あた》えて貰《もら》ったＶＲゲームに傾倒《けいとう》していった。

ＶＲゲームは本当に楽しかった。物語の主人公になり、やればやるほど無双《むそう》出来た。

ＶＲゲームの世界の中心は俺だった。

オンラインで顔も分からないゲーム仲間もいっぱいできた。

その頃の俺はゲームの世界に比重を置く事で自分のリアルの学校生活が希薄《きはく》になっていることに気がつかなかった。

今となっては、何がきっかけだったかは分からない。

ある日を境にクラスメイトから話しかけられる事が無くなった。

話しかけても、なんとなく、あしらわれてスルーされた。

そんな状態が数日続けば、俺でも自分の置かれた状況は理解できた。

暴力等の、あからさまな『いじめ』ではないが、自分がそのターゲットとなったことに気づいてしまった。

その後五ヶ月《かげつ》ほどは同じような状況が続いた。

あからさまな『いじめ』ではないので、先生や親に相談することもできなかったが小学生の俺には精神的にかなりこたえた。

今までの行動を省《かえり》みて、自業自得《じごうじとく》と思いながらも、孤独感、絶望感は日々増していった。

その頃になると、学校帰りに、通学路から少し離《はな》れた神社の裏手で毎日泣いていた。

「うぇーん、うう〜。ぐすっ」

「ねぇ、どうしたの？」

「えっ？」

突然《とつぜん》声がした。

声の方を見るとそこには、去年まで同じクラスだった葛城春香《かつらぎはるか》が立っていた。

俺は泣いている姿を見られてしまい気が動転して、あたふたしたが、涙《なみだ》が直《す》ぐに止まるわけもなかった。

「ううぅ〜」

「何か悲しいことでもあったの？」

優《やさ》しい言葉をかけられて更《さら》に涙が溢《あふ》れた。

「ぐ、ぐっ、ふ～、ふ～、ううぇえ～ん」

「話してみて？」

正直、人に話すのは躊躇《ちゅうちょ》してしまうが、本当は誰かに聞いて欲しかったのだと思う。

俺はクラスでの現状を洗いざらい彼女に話してしまった。

「ふ～ん。そうなんだ。それじゃあまたね～」

「え？」

特に何かを期待していたわけではないが、事情を聞くだけ聞いて、あっさり帰ってしまった彼女に唖然《あぜん》としてしまった。

次の日からまた学校での変わらない生活が始まったが、それから四～五日ぐらいしてからだろうか？　なんとクラスメイトの一人が挨拶《あいさつ》してきたのだ。

「おはよう」

「お、おはよう」

その日はそれだけで終わったが、次の日以降も数人のクラスメイトが挨拶してきた。

それだけではなく、今まで完全に俺の事はスルーされていたのに。なんかクラスの雰囲気が変わってきている。

積極的に話しかけてくる訳ではないが、視線も含《ふく》めて、無視するわけでもなく、普通に戻《もど》っている気がする。

「なんで？」

俺には何が起こったのかよく分からなかったので最初に挨拶してきた、クラスメイトが一人になったのを見計らって、事情を聞いてみた。

聞いてみて本当に驚《おどろ》いた。

葛城春香さんだった。

彼女が、朝や休憩《きゅうけい》時間に、俺のクラスメイトを順番に呼び出して、説得してくれたというのだ。

当時から人気のある生徒だった彼女に直接説得され、後ろめたさもあり、クラスメイトは俺へのいじめをやめる事にしたようだ。

話を聞いたクラスメイトも
「悪かったな」

と言ってきたが、正直あまり耳に入らなかった。

特別、親しい間柄《あいだがら》でもない葛城春香さんが俺の為に動いてくれた。

しかも俺に特別何かを求める訳でもなく、恩を売る訳でもなく、俺の居ない所で助けてくれた。

当時の俺には衝撃的だった。

ゲームの世界は英雄《えいゆう》だらけだが、現実の世界で英雄というものがいるのなら彼女の事だと本気で思った。

その後、小学校を卒業するまで彼女と特に親しくなる訳でもなく、クラスメイトと関係性も劇的に好転した訳ではないが、彼女への感謝の念と憧《あこが》れだけが膨《ふく》らんだ。

俺の中の英雄は常に彼女だった。

俺が探索者になって英雄になりたいと思ったのは、他に英雄になれる術を思いつかなかったからだ。

彼女に認められるような英雄になりたいと思ったからだ。

もちろん、他にも色々な形の英雄がある。

それは彼女から嫌《いや》というほど教わった。

だが、当時の単純な俺は、これしかないと思い込んでしまった。

思い込んでしまった以上、途中《とちゅう》で投げ出すことは許されない。

今では憧れから、一方的な恋愛《れんあい》感情へと変わった葛城春香さんへの想《おも》いと、彼女に相応しい男になるという一心で頑張《がんば》った。

そして早く告白して付き合いたい。

それが今の俺の行動への原動力となっているのだ。

以前、三階層に行ければ絶対告白しようと決めていたが、まだ自分に自信が持てていないので、今は四階層に行ったら絶対告白しようと心に決めている。

俺は前日の探索リザルトであるマイナス一万二千九百五十三円に茫然自失《ぼうぜんじしつ》状態となっていた。

ダンジョンに潜って、バトルにも全て勝ったにもかかわらず、赤字。

正に前代未聞《ぜんだいみもん》の事態である。

今の俺の実力では『シュールストラーダ』なしでは三階層を戦う事は正直厳しい。

しかも今回三匹まででは対応できたが、それ以上になるとかなり厳しい。

俺の実力不足もあるが、一度に対応できる手数が圧倒的に不足している。

頭数が単純に足りない。

三階層より奥に潜っている探索者は、殆《ほとん》どが三～七名程度でパーティを組んでいる。

俺の場合、シルの異常に高いＢＰがあるにしてもたった二人である。

これでは正直厳しい。

かといって、パーティを組んでくれる相手にあても無いし、ほぼ、毎日潜っている俺と一緒《いっしょ》に潜れるほど時間に余裕のある同レベルの探索者は、そうはいないだろう。

仮にいたとしても　シルの特殊性《とくしゅせい》を考えると、パーティを組むことに抵抗感がある。

という事で、正直手詰《てづ》まりとなってしまった。

「う〜ん」

俺は、悩《なや》みに悩んで一つの作戦を実行に移すことにした。

その名も『二匹目のドジョウ作戦』だ。

ここが異世界なら、美少女キャラの奴隷《どれい》でも購入《こうにゅう》してパーティメンバーに加える所だが、実際にはそんなことはできない。

なので、バカな作戦だとは思うが、二匹目のドジョウであるセカンド『金色のスライム』を倒して、二枚目のサーバントカードを手に入れるしかない。

そうと決まれば早速一階層へ潜ることにした。

スキル『スライムスレイヤー』を手に入れてから、ほとんどスライムを狩ることはなかったので、本当に久しぶりだ。

実際にスライムを狩り始めると、なぜか殺虫剤《さっちゅうざい》にも補正がかかるのか驚異的《きょういてき》なペースでスライムを狩ることができた。
なんと一時間で十匹ものスライムを狩ることができた。
やはりスキル『スライムスレイヤー』はスライム狩りには欠かせないスキルのようだ。
それから毎日放課後に一日三時間スライムを狩り続けた。
それから二ヶ月以上経《た》ったが、『金色のスライム』は未《いま》だ現れていない。
既に千五百匹以上狩っている。
それでも現れない。
レアなのはわかっている。
幻《まぼろし》なのかもしれない。
ただ前回も二千四目ぐらいで出現した。
今回も後五百匹ぐらいで出現してくれないだろうか。
いや、ぜひ出現してほしい。
俺はそれからも半月間せっせと、スライムを狩り続け二千匹目に突入《とつにゅう》しかけたその日、
ついに！　ついに！　現れた。
『銀色のスライム』が。
銀色？　とは思ったが、今まで見たことの無いスライムだ。

おまけに銀色。金色と無関係なはずがない。

「シル絶対に逃《に》がすな。速攻《そっこう》だ」

「はい。かしこまりました。『神の雷撃』」

無慈悲《むじひ》なシルの一撃《いちげき》で『銀色のスライム』は跡形《あとかた》も無く消失してしまった。

俺は『銀色』のいた場所をすぐに凝視《ぎょうし》した。

あった！　ありました。

シルの時と同じく地面には小さなカードが残されていた。

「うぉ～！　やったぜ」

思わず、久しぶりに雄叫《おたけ》びをあげてしまった。

金色でも銀色でも良かったようだ。

とにかくレアカラーであればなんでも良いのかもしれない。

俺はやりきった。

二匹目のドジョウ作戦を完遂《かんすい》したのだ。

ついに二枚目のサーバントカードを手に入れたのだ。

おまけにスライムを二千匹も狩りまくっていたおかげで、この二ヶ月半でなんと百万円近く稼《かせ》いでしまった。

一日三時間の探索で一ヶ月あたり四十万円以上だ。

時給に換算《かんさん》するとなんと五千円に迫る。

すごい！　すごすぎる。

探索者のプロ並みに稼げている。

やっぱり、スライム狩りが一番儲《もう》かるのかもしれない。

競合相手もいないし独占《どくせん》状態。

スライム狩り放題。

スライム狩り万歳《ばんざい》。

一階層は夢のスライムパラダイスだ。

二匹目のドジョウ、いや二枚目のサーバントカードを手に取り、表示されているサーバントをおそるおそる確認する。

「うう〜っ！」

神様！　仏様！

「たのむ〜！」

二度目でもやっぱり緊張する。

「おお〜っ！」

俺《おれ》は賭《か》けに勝った。

「きた～っ！」

そこにあったのは、濡《ぬ》れ羽《ば》色《いろ》の黒髪《くろかみ》に、漆黒《しっこく》の闇《やみ》を湛《たた》えるような黒い目をした、ナイスバディの超絶《ちょうぜつ》美女だった。

種別　子爵級《ししゃくきゅう》悪魔《あくま》
NAME　ルシェリア
LV　1
HP　70
MP　120
BP　130
スキル　破滅《はめつ》の獄炎《ごくえん》　侵食《しんしょく》の息吹《いぶき》
装備　魔杖《まづえ》　トルギル　魔装《まそう》　アゼドム

間違いなく、超絶美女だが、種別を見て引いてしまった。

「子爵級悪魔？」

ゲームの世界には結構出てくるので、何を意味しているのかはわかる。

ステータスを見ても、シルと比べると少し劣《おと》っている印象を受けるが、ＭＰにおいてはシル以上だ。

装備を見てもいわゆる、魔《ま》法使《ほうつか》いタイプなのだろう。

かなり優秀《ゆうしゅう》なサーバントなのは間違いない。

まず間違い無《な》く当たりだろう。おまけにナイスバディだし。

ただ、悪魔って召喚しても大丈夫《だいじょうぶ》なのか？

呪《のろ》われたり、取《と》り憑《つ》かれたりしないのか？

悪魔＝悪
サーバントとはいえ、俺の言う事聞いてくれるのか？

正直、不安しかないので俺はまた速攻で探索者ギルドへ向かった。

前回と同じように　日番谷《ひつがや》さんがいるのを確認すると、

「魔核売りたいんですけど」

「かしこまりました」

「あとちょっと聞きたいんですけどいいですか」

「はい、なんでしょうか？」

「サーバントカードのことなんですけど」

「はい。そういえば以前もゴッズ系のカードの話を聞いてこられましたね」

「あ〜覚えてました？」

「はい。結構記憶力《きおくりょく》は良い方なので」

「えーとですね。今度はゴッズ系じゃなくて、悪魔系のカードってあるのかな〜と思って」

「はい。ありますよ。あまり使いたがらない方も多いので、ある意味ゴッズ系よりも珍《めずら》しいかも知れません。デモンズ系と言われるサーバントカードですね」

「へ〜。デモンズ系ですか。呼び出すと取り憑かれたりとか、呪われたりとかしませんかね〜」

「確かに報告では　ごく稀《まれ》に呪われたと言う事例はありますが、ほとんどの場合は問題無いようです」

「へ、へぇ。呪われるってどうなったんですか？」

「報告では七日後に所有者の探索者が亡《な》くなったそうです」

「亡くなったんですか!!」

思わず動揺《どうよう》してしまった。怪《あや》しまれてないだろうか。

「はい。でも本当に稀なケースですよ」

「そうですよね～」

「ちなみに価格ってどのぐらいになりますか？」

「そうですね。ゴッズ系ほどの人気は無いですが、オークションだと、やはりレアカードになりますので男爵《だんしゃく》級でも一億円以上になると思われます」

「す、すごいですね」

「珍しいカードですからね」

「わかりました。ありがとうございました」

俺は魔核の代金である一万五千四百五十円を受け取って、その場から素早《すばや》く立ち去った。

日番谷さんは前回同様、非常に有用な情報を教えてくれた。

今回のポイントは二点だ。

男爵級悪魔カードで一億円以上との事なので、俺の手に入れた子爵級カードはそれ以上、二億円にはなるだろう。

もう一点は、呪われて、死ぬかもしれないという事だ。

「う～ん……二億円か～。シルの時の十億よりは安いけど、すごい額だな」

これは悩むな～。

「贅沢《ぜいたく》しなければ一生食べていけるよな」

やっぱり将来の安定って大事だよな〜。

「おまけに稀に呪われるのか〜。死にたく無いよな〜」

命の危険よりも将来の安定だよな〜。

「うーん」

誰がどう考えても売るべきだ。売る以外の選択肢《せんたくし》はない。

「よし決めた。使おう！」

この時俺はシルの時と同じで、頭がおかしくなってしまった。

やはり俺の中に眠《ねむ》る夢とロマンの厨二夢《ドリーム》は無敵だった。

二億円や死のリスクぐらいには負けはしなかった。

決意した俺は、黒髪のナイスバディ超絶美女を夢見てカードを額に当て『ルシェリア』

とサーバントの名前を念じた。

シルの時と同じく　カードが閃光《せんこう》につつまれそこには　黒髪の絶世美女…………

「え？」

「うそだろっ」

そこには、黒髪の美女ではなく黒髪の幼女がいた。

容姿はサーバントカードの子爵級悪魔の面影《おもかげ》がある。あるが、幼女だ。

シルの時と全く同じ……

「俺の超絶美女が……」

なんでだ……

「俺の二億円が……」

どうしてだ……

「俺の夢が……」

俺は一瞬《いっしゅん》にして悟《さと》ってしまった。

やってしまった。

シルと同じで幼女化したサーバントが顕現《けんげん》してしまった。

「お前がわたしの主人か？」

「ああ、まあ、そうだけど」

「なんか頼りない主人だな」

「えっ!?」

「頭も悪そうだな」

なんだ？　物凄《ものすご》い違和感《いわかん》が。

本当にこの黒髪の幼女は俺のサーバントなのか？

サーバントって召使《めしつか》いの意味だぞ？

この態度はなんだ？

「なにか食べさせてくれ。お腹《なか》が空いた」

「あ、あの～。ルシェリアは俺のサーバントだよな」

「ああそうだけど、それがどうした」

「なんか、態度悪くないか？」

「別に～」

「それよりお腹空いた。なんか早く食べさせてくれよ」

「なっ……」

俺は唖然としながらも、仕方がないので渋々《しぶしぶ》魔核《まかく》を一個渡《わた》した。

なんだ。このシルとの違いは？　悪魔はやっぱりサーバントといえども、悪魔なのか？

「おかわり」

「はっ？」

「あるわけないだろ！」

「え～、ケチな主人に当たったみたい。さいあく～」

ギャルか？　ギャルなのか？
幼女なのにギャルなのか？
悪魔なのにギャルなのか？
いや、ヤンギャルなのか？
なぜかサーバントのはずの、こいつの方が偉《えら》そうなんだけど。
こいつ苦手だ。
俺の召喚したサーバントだから責任を持たないといけないのはわかっている。
現状を引き起こしているのは全《すべ》て自分の責任なのもわかっている。
しかし、よりにもよってなんでこいつなんだ。
正直幼女枠《わく》はシルで一杯《いっぱい》だ。
もう幼女はいらない。
絶世の美女がパーティに加わると思ってカードを使用したのに、これか。
幼女でもシルは本当に良かった。
それがどうだ。こいつは幼女の皮を被《かぶ》った悪魔だ。
実際に子爵級悪魔なのだが……
正直、シルが素直《すなお》で従順なので、サーバントとはそういうものだと思い込んでいた。

しかし、このちょっとのやりとりで悟ってしまった。

下手をすると呪われるぐらいだ。言うことを聞かないぐらい当たり前なのかもしれない。

この際、態度が悪いのはなんとか目をつぶろう。

だが、しかし、こいつは、ルシェリアは戦力になるのか？

それが問題だ。

「ルシェリア、お前の力を見せてくれ」

「え〜、めんどくせ〜な」

「いやいや、やってくれ」

「チッ、わかったよ」

いやいやながら、ルシェリアに了承《りょうしょう》させ、とりあえず二階層のゴブリンを倒させてみることにした。

すぐに発見したゴブリンに向かって
「ルシェリアとにかく『破滅の獄炎』を使ってみてくれ」

「は〜い『破滅の獄炎』」

『グヴオージュオ〜』

ゴブリンは跡形もなく消失していた。

「は、はは」

想像は出来たけど……　シルの時と同じだ。

完全なオーバーキルだ。

「おい、なんかくれ。腹が減った」

「あ、ああ」

俺はその場に残ったゴブリンの魔核を与えた。

「それじゃ次は『浸食《しんしょく》の息吹《いぶき》』を使ってみてくれ」

「え～まだやんの？」

「倒したら魔核はお前にやるから、な」

「わかったよ」

二匹《ひき》目のゴブリンを見つけ
『浸食の息吹』

「ググyyウgyg―ガgygガygー」

『グシュル、ジュルッ』

は？　なんだこれ。ゴブリンが狂《くる》ったように、暴れ始めたと思ったら、そのまま溶《と》けた。

怖《こわ》い。このスキル怖すぎる。絵面的にもやばい。

先ほどの様子を見たうえで、スキルの名前から推測すると、最初に精神異常を引き起こし、その状態異常が体にまで影響《えいきょう》を与えて溶解《ようかい》してしまう。

おそらくこんなところだろう。

まさに悪魔の所業だ。

「おい、早くくれよ」

「ああ、そらっ」

約束通り魔核をあたえながら、俺は改めてサーバントの力を痛感していた。

シルより劣る？　確かにBPは劣っているが、別の方向性で強烈《きょうれつ》だ。

おまけに、ツンデレ？　ヤンデレ？

デレもまだないので単純にツンとヤンか。

正直俺は、ツンもヤンもいらない。

俺にこいつを従わせることは本当に出来るのだろうか？

まかり間違《まちが》って『浸食の息吹』を俺に使われた時には、地獄《じごく》に落ちそうだ。

まさかだけどサーバントって主人に攻撃《こうげき》してこないよな。

攻撃できないよな。

大丈夫だよな。

俺は十七歳《さい》にして今後の事を考えると、ストレスで胃がキリキリと痛んできた。

次の日、ルシェリアを手に入れた俺は、正直不安だらけだが、悩んでいても、どうしようもないので思い切って三階層に再挑戦《ちょうせん》することにした。

三階層に潜ると　前回からのおなじみヘルハウンドが三匹《びき》現れた。

「シル『鉄壁《てっぺき》の乙女《おとめ》』を頼《たの》む」

「かしこまりました『鉄壁の乙女』」

「俺が一匹倒《たお》すから　残りの二匹をルシェリアが頼む」

「はいはい。魔核くれよな。『破滅の獄炎』」

俺がボウガンでヘルハウンドをしとめている間に、残りの二匹はルシェリアが『破滅の獄炎』一発で片を付けていた。

どうやら、シルの『神の雷撃』よりも威力《いりょく》は劣りそうだが、効果範囲《はんい》は広いようだ。

残った魔核三個のうち、二個をシルとルシェリアに与え、俺の手元には魔核が一個残った。

これを繰《く》り返《かえ》せば、三階層攻略《こうりゃく》もすぐだろう。

前回シルと二人で潜った時は、複数の敵を前に結構てこずってしまいぎりぎりになりながら、戦っていたが、今回はあっという間に片付いた。

パーティってすごい。

ソロの長かった俺にはちょっと感動的だ。

おまけに今回は秘密兵器の『シュールストラーダ』も使用していないので、リザルト魔核《まかく》一個で、七百二十一円のプラスだ。

今回三人パーティとなった事で劇的に収支が改善した。

これで、探索者を続けることができる。

ほっとした……のもつかの間。

またルシェリアが
「わたしが二匹倒したんだから魔核二個くれよ」

は～まただ。今度は少し耐性《たいせい》がついたのか、怒《いか》りはなかったが、胃が痛い……

「すぐには無理だ。あと何匹か倒したら一個余分にやるから。」

「ほんとだな。約束だぞ。嘘《うそ》だったら地獄に落ちるぞ!!」

「ああ本当だ」

地獄に落ちるって、本物の悪魔に言われたら洒落《しゃれ》にならない。

絶対に約束は守らなければ、やばい。

その後もすぐに、ワイルドボア三匹に出会ったが、シルの『鉄壁の乙女』とルシェリアの『破滅の獄炎』と俺のピストルボウガンの連射の鉄板コンボで、あっさり撃退した。

余裕《よゆう》すら感じながらダンジョンを探索していると、ついに、ヘルハウンド一匹とワイルドボア二匹、そしてマッドラットの合計四匹のグループに遭遇《そうぐう》した。

初めてとなるモンスターの四匹構成に、ちょっと焦《あせ》ったが、すぐにそれぞれ指示を出した。

「シル、右のワイルドボアに『神の雷撃《らいげき》』を頼む。ルシェリアは左側のやつに『破滅の獄炎』を頼んだ。俺はヘルハウンドをやる」

「かしこまりました」「ああ、わかったよ」

俺は狙《ねら》いを定めてボウガンを三連射してヘルハウンドをしとめる事に成功した。

隣《となり》ではそれぞれ
『ズガガガーン』『グヴオージュオ～』

という爆音《ばくおん》が聞こえてきて、俺が見た時には、モンスターは跡形もなく消失していた。

今回四匹のモンスター集団もあっさり片付けてしまった。

なんかすごい気がする。

この三人ならどこまででも、いけそうな気がする。四階層もすぐなんじゃないか。なんて甘《あま》い妄想《もうそう》を膨らました次の瞬間《しゅんかん》

「お腹が空きました」「腹減った」

といつもの現実に引《ひ》き戻された。

それぞれに魔核を一個ずつ渡し、二人はすぐに受け取った魔核を摂取《せっしゅ》したが
「おい、約束だろ。そろそろおかわりくれよ」

とルシェリアが言うので　俺は渋々《しぶしぶ》一個追加して渡した。

これで四匹のモンスターを倒したが、リザルトは先ほどと同じで魔核一個のみで七百二十一円だ。

二匹倒しても四匹倒しても、稼ぎは一緒。

なんとなく、やるせない気持ちを抱《かか》えながらもルシェリアを怒らす訳にはいかず、自分を納得《なっとく》させるしかなかった。

その後も二～四匹のモンスターの集団をサクサクと狩《か》り続けていると、ついにLV11に上がった。

ステータスを見た瞬間
「やったぜ！」

と思わず声をあげてしまったが、よく見てみると、
ん⁉　あれ？　これ、なんかおかしくないか？

俺はLVアップした事に、単純に喜んだ。

しかも今回はただのレベルアップではなく『神の祝福』による成長補正ありのスーパーレベルアップだ。

期待に胸をふくらませて、レベルアップしたステータスを確認《かくにん》した。

これがLV9時点の俺のステータス

LV　9
HP　20
MP　9
BP　20

そしてこれが前回『神の祝福』により補正されたLV10時点のステータス

LV　10
HP　25
MP　12

ＢＰ　25

そして今回のＬＶアップによるステータス

ＬＶ　11
ＨＰ　27
ＭＰ　14
ＢＰ　28

以前、ＬＶ１のアップで１〜２程度しか上がらなかったステータスは、前回ＬＶ10のレベルアップ時に　スキル『神の祝福』を発現した事により一気に５前後アップしていた。

それが、今回ＬＶ11へのレベルアップ時のステータス変化は、ＢＰが３上昇《じょうしょう》しＨＰとＭＰにおいては２のアップにとどまっている。

なぜだ？

どう言うことだ？

ＬＶ10の時だけのスキル発現ボーナスみたいな感じだったのか？

「う～ん」

もちろんLVアップは嬉《うれ》しい。

しかも今までにくらべるとステータスの上昇も大きい。

しかし……

期待していた程《ほど》じゃない。

『神の祝福』に期待しすぎたのだろうか？

いろいろ考えている最中に、天啓《てんけい》のように思い出した。

あの事を思い出してしまった。

ま、まさか……

慌《あわ》てて俺はスキル『神の祝福』の説明画面を確認する。


神の祝福　……　神およびその眷属《けんぞく》に愛されているものに与《あた》えられる。レベルアップ時にステータス上昇補正がかかる。上昇率《じょうしょうりつ》は神およびその眷属からの愛の程度に依存《いぞん》する。

上昇率は神およびその眷属からの愛の程度に依存する。

これだ。間違いない。これしかない。

「でもなぜだ～」

俺はシルとはうまくやっていると思っていた。

呼び方もシルフィーからシルにランクアップした。

愛情もたっぷり注いでいるつもりだ。

もちろんＬＯＶＥではなく親愛の情だが。

シルからも好かれていると思っていた。

それがなぜだ。

前回のレベルアップ時よりもシルからの愛がステータス上昇分《じょうしょうぶん》つまり$\frac{3}{5}$になっていると言うことなのか？

動揺も手伝ってか、何が原因かすぐには思いつかなかった。

しばらく考えてみた。

前回のレベルアップ時と今回のレベルアップ時の違《ちが》い。

名前の呼び方以外で違うこと。

まさか。

い、いや。

あれか。あれが原因なのか。

それしかない。

思い当たる原因は一つ。

『ルシェリア』の存在しかない。

シルとルシェリアは性格は真逆で存在も真逆だ。

当初は、神と悪魔がうまくやっていけるか心配していたが、お互《たが》いに見た目年齢《ねんれい》も同じぐらいの幼女同士、性格も真逆なのが良かったのか、最初ルシェリアが、ぶつぶつ言っていた以外は非常にスムーズだった。

シルが包み込んでいるのか、二人とも姉妹のように仲良くやってくれている。

と思っていた。

実際にルシェリアも、俺に対する高圧的な態度と違い、シルには結構優《やさ》しい感じだ。

それがなぜだ。

シル、本当はルシェリアのことが嫌《きら》いなのか？　口には出さないだけで本当は嫌《いや》で嫌で仕方がないのか？

考えてもどうしてもわからないので、ルシェリアをカードに送還《そうかん》して、思い切ってシルに聞いてみる事にした。

「シル、何か悩みとかないのか？」

「えっ？」

「突然《とつぜん》どうされたのですか？　特にはありませんよ」

「まどろっこしいのは苦手だからはっきり聞くが、俺のことはどう思っているんだ？　嫌いになったのか？」

「えっ？　え？　何をおっしゃっているんですか？　私がご主人様を嫌いになるはずがないではないですか。もちろん敬愛しています」

「そうか」

　全く嘘を言っているような感じではない。ストレートに敬愛していると言われ、顔と頭が熱くなってきた。

「それじゃ、ルシェリアのことはどう思っているんだ。あまり好きじゃないのか？」

「い、いえ。最初はちょっと怖い子なのかと思いましたが、話してみると優しい、いい子でした。今は仲良しで大好きですよ。」

　この言葉にも嘘はないように思える。

「そうか。俺はダンジョンではシルが一番大事なんだ。悩みや思っていることがあるなら教えて欲《ほ》しい」

「特にないですよ」

「いやなにかあるだろう」

「ないですよ」

「絶対あるはずだ」

「う～っ。それじゃひとつだけあります」

「なんだ。」

「最近ご主人様はルシェリアにばっかり優しくしているので、私にも同じようにして欲しいです」

「え……」

シルからの言葉は思いもよらない言葉だった。

「別にルシェリアに特別優しいってことはないだろ。むしろ俺としてはシルの方に優しいと思うけど」

「最近魔核もルシェリアの方が多く貰《もら》えてますし」

「あっ！」

「ルシェリアのことは大好きですが、ルシェリアが来る前は、ご主人様ともっとお話しもできていました。ルシェリアだけじゃなくて、私とももっとお話しして欲しいです。」

「あ、ああ　わかった。これからはシルにもルシェリアと同じだけ魔核も渡すし、話も、もっとするようにするよ」

「本当ですか？　やっぱり海斗様が主人様でよかった。嬉しいです」
その後、ダンジョンを引き上げて家に帰ってからベッドに寝転《ねころ》がって考えてみた。
これは、あれか
いわゆる、やきもちか。
やきもちというやつなのか。
考えてもみなかった。
シルは素直でいい子だから問題ないものだと思い込んでいた。
ルシェリアが問題児なので、そちらばかり気にかけていたのは否定できない。
確かに魔核もルシェリアにだけ多く与えていた。
俺は今まで女の子とは、ろくに接点がなかったのだ。
それがサーバントとはいえ　幼女とはいえ、急に二人も一緒《いっしょ》にいる事になったのだ。
これからうまくやっていけるだろうか。
分《わ》け隔《へだ》てなく三人でうまくやっていけるだろうか。
「は～っ……」
今日も俺は十七歳にしてストレスで胃にダメージを蓄積《ちくせき》させている。

シルの気持ちが判明してから一週間が経《た》った。

今俺《おれ》は、とにかくシルにも、意識的に優しく接することを心がけている。

ただし難しいのは、シルに優しくしすぎると、今度はルシェリアの機嫌《きげん》が目に見えて悪くなるのだ。

俺にどうしろというのか
女性とのふれあい経験が皆無《かいむ》の俺にどうしろというのか。

よく、ドラマや本の中の主人公は同様のシチュエーションでもうまくやっている。

むしろ、ハプニングやお互いのやりとりを楽しんでいる風ですらある。

鈍感《どんかん》系主人公であれば、完全スルーで楽しくやれるのだろう。

しかし、ここは現実。リアルである。

俺にはそんな芸当はできない。

できるはずもない。

俺にできるのは、神経をゴリゴリとすり減らしながらも二人の顔色を窺《うかが》いながら、うまくやっていくことだけだ。

そんな殺伐《さつばつ》とした精神状態を抱えながら、俺はストレスのはけ口を求めるように、さらにモンスター退治にのめり込んでいった。

三階層のモンスターを無心で倒し続けた。

もちろんシルとルシェリアに依存した戦い方は変わっていないが、最近、流れ作業のように手慣れてきてしまった。

ただしお金は一切《いっさい》貯《た》まっていない。

シルへの魔核供給量をルシェリアに合わせて増やしたため、モンスターを倒しても倒しても一切俺の手元には残らなくなってしまったからだ。

金欠状態で、いつものようにワイルドボア三匹セットを狩った直後シルに変化が現れた。

『ピカーッ!!』

シルの体全体が青白い光に包まれ、発光した。

数秒だっただろうか、すぐに発光現象はおさまった。

「なんだ、一体どうしたんだ………」

これはもしかして。俺は慌ててシルのステータスを確認した。

「やっぱりそうか。シル、レベルアップしたぞ! やったな!」

「え。本当ですか!? 嬉しいです。これもご主人様のおかげです。これからも頑張《がんば》りますね。」

「ああ。これからも頼んだぞ。」

これがレベルアップしたシルのステータス

種別　ヴァルキリー
NAME　シルフィー
LV　2
HP　140
MP　105
BP　190
スキル　神の雷撃　鉄壁の乙女
装備　神槍　ラジュネイト　神鎧　レギネス

特に新しいスキルが発現したわけではないが、ステータスが大幅《おおはば》に上昇《じょうしょう》している。
数値が平均して15～20程度上昇している。
さすがに俺《おれ》とは比較《ひかく》にならない上昇数値だ。
よし、せっかくだからスキルの威力を試《ため》してみるか。
すぐにヘルハウンド三匹を発見したので

「シル、スキルの変化を見てみたいから『神の雷撃』を使ってすぐに『鉄壁の乙女』をかけてくれ」

「かしこまりました。『神の雷撃』」

『ズカカカガーン』

「すげっ！」

『鉄壁の乙女』

いつもより、大きな爆音を残し、一か所に固まっていた二匹のヘルハウンドが消失していた。

残った一匹がすぐに襲《おそ》いかかってくるが『鉄壁の乙女』の効果に阻《はば》まれている。

変化を見るために、効果が切れるぎりぎりまで様子を見てから、俺がボウガンで仕留めたが、結果はもともと六十秒程度だった効果時間が九十秒に伸《の》びていた。

二つのスキルとも、目に見えて威力が上がっている。シルのレベルアップはすごいな。

これなら四階層も楽勝じゃないのか？

この時は、まだこんな風に安易に考えていた。

戦闘終了《せんとうしゅうりょう》後、いつものようにシルが
「お腹空きました」

と言ってきたので、いつものように魔核を渡すことにした。

今回はスキルを連発したので二個の魔核を渡してやったが、魔核を摂取したシルが、もじもじしながら、俺の方をジーッと見つめてきている。

「ん？　どうした？」

「ご主人様、お腹がまだいっぱいになりません。もう一個いただけませんか？」

「え？」

どういうことだ？　今までスキル一発につき魔核《まかく》一個以下で大丈夫《だいじょうぶ》だったはずだ。

シルがこんなことを言ってきたのは初めてだ。

なんで？

冷静になって考えをまとめると、すぐに答えは出た。

レベルアップで威力が上がった分、消費ＭＰも上がったのか。

よく考えたら当たり前のことだった。

リアルの世界では、都合よく威力だけ上がるなんてことはなかった。

高出力、悪燃費。

大排気量の高級外車のようだ……

庶民《しょみん》には維持《いじ》できない……

やばい。

今でも魔核と懐具合《ふところぐあい》は、いっぱいいっぱいなのに、これ以上魔核が必要になれば、シルを連れてダンジョンに潜《もぐ》ることができない。

これはどうしようもない。

詰《つ》んだ。

俺はシルのレベルアップによっていきなり窮地《きゅうち》に追い込まれてしまった。

第四章　魔法使い

シルのレベルアップに伴《ともな》う魔核《まかく》問題《もんだい》に頭を悩《なや》ませ、今日は探索《たんさく》を休んでいる。

俺は昨日一日考えに考えて一つの結論に達した。

達したというよりも他に選択肢《せんたくし》がない。

俺の結論は、一度三階層から撤退《てったい》して、一階層でスライム狩りをするということだった。

三階層以降の探索を諦《あきら》めたということではなく、魔核が不足して身動きが取れないのであれば、先に魔核を大量に集めて、それを切《き》り崩《くず》しながら探索を進める。ちょっと非効率にも感じるが、それが唯一《ゆいいつ》の道だと思う。

スライムの魔核は最小だ。

最小ではあるが、ヘルハウンドの魔核二個とスライムの魔核三個が大体同じサイズである為《ため》、大量に集めればシルとルシェリアが摂取する分には全く問題がないレベルだ。

決めたからには、とことんやる。

俺はまた一階層でスライムスレイヤーとして活躍《かつやく》し、スライムを狩って狩って狩りまくる。

それからの俺は毎日の様に一階層に潜っている。

実は、スライムの処理数が一ヶ月《かげつ》の間に五百に達しようとしている最中、気がついてしまったことがある。

スライムを狩りながら、結構余裕と時間があるので、今までのことをあれこれ考えていたのだが通常スライム以外のモンスターを倒すと一パーセント前後の確率でアイテムがドロップすると言われている。

しかし俺はなぜか、通常のモンスターからアイテムをドロップしたことがない。

最初は運がないだけかと思っていたが、百匹を大きく超《こ》えても一向にドロップする気配がないのだ。

おかしい。

絶対におかしい。

何かがおかしい。

俺が取得したことがあるのは、ドロップアイテムを落とさないはずのスライムからの二枚のサーバントカードのみだ。

サーバントカード二枚だけでもものすごいことなのだが、探索者は普通《ふつう》、魔核とドロップアイテムで稼《かせ》いでいる。

特にドロップアイテムはドカンと稼げる可能性のあるボーナスのようなものなのだと思う。

思うというのは、一度も手に入れたことがないので、はっきりとは分からないからだがとにかくこれは異常なことだと思う。

普通、よくあるのは、ポーションとか素材とかのはずで、俺も是非《ぜひ》手に入れたい。

しかし俺の手元には一つもない。

たまたまでは、説明がつかない。

おかしいと思いながらもどうしようもないので、せっせとスライム狩りに励《はげ》んで、遂《つい》に千匹に到達《とうたつ》しようとした時
「あれは……まさか……」

今度はブルーメタリックな色のスライムに遭遇した。

「シル、ルシェリア絶対に逃《に》がすな」

「はい」「ああ」

間違いない。あれは三度目となる特別なスライムだ。

念には念をいれ、

『ズガガガーン』『グヴオージュオ～』
『神の雷撃』『破滅《はめつ》の極炎《ごくえん》』のオーバーキルコンボをお見舞《みま》いした。
いつも通りの轟音《ごうおん》と衝撃《しょうげき》がおさまった場所にはスライムの姿は跡形《あとかた》もなくなっていた。
俺は、またスライムの消え去った跡を凝視《ぎょうし》した。
「お、おお!!　ま、まさか!?　あ、あれは!!」
そこに残されていたのは三枚目のサーバントカード……
ではなく、青色の球が残されていた。
俺のテレビ経由の情報によるとあれは、夢の『マジックオーブ』ではないだろうか。
『マジックオーブ』はサーバントカード等と同じく、レアアイテムだ。
使用することで、なんと魔法《まほう》スキルが使えるようになるという夢のアイテムだ。
手に取ったマジックオーブは、青色で野球の球ほどで一見ガラス玉のようだった。
俺は初めてサーバントカードを手に入れた時と同じように、手が震《ふる》えてきてしまった。
やばい。
これを使うと俺は魔法使いになってしまう。
夢の魔法使いに……
いや、もしかしたら大魔法使いや、賢者《けんじゃ》になれるかも。

探索者の夢、いや人類の夢とロマン。

それが魔法だ。

マジックオーブは色によって種別が大別される。

このオーブは青色なので水か氷系の魔法が使えるようになるはずだ。

水系魔法を使う俺。

やばい、かっこいい……

本当にやばい。

ドロップした青色のマジックオーブだが売ればおそらく、数千万ではきかないだろう。

売れば大金持ちだ。

だが、しかし、俺はもう決めている。

自分で使うことを！

今日、俺は夢とロマンの魔法使いになる。

テレビによるとマジックオーブは魔法を使いたい者が、手にとって地面に投げて割ればいいだけだ。

たったそれだけで魔法スキルが身につくのだ。

本当の夢とロマンはお金では買えない。

俺は震える手で青のマジックオーブを地面に叩《たた》きつけた。

『ガシャーン』

青色のオーブのかけらが飛散して消えていった。

「ん?」

特に何も変化は感じられない。

あわててステータスを確認

高木《たかぎ》　海斗《かいと》

ＬＶ　11

ＨＰ　23

ＭＰ　14

ＢＰ　28

スキル　スライムスレイヤー

　　　　ゴブリンスレイヤー（仮）

　　　　神の祝福

ウォーターボール　NEW

あった。ちゃんとあった。

水系マジック『ウォーターボール』。

「うぉ〜やったぜ！」

思わず叫《さけ》んでしまった。嬉しい。嬉しすぎる。

感動だ。この感動をお茶の間の皆様《みなさま》にも伝えたい。

とりあえず感動は一旦《いったん》置いといて、とにかく使ってみたい。今すぐ使ってみたい。

俺は、おもちゃを買ってもらって、待ちきれない小さな子供のようになっていた。

「シル、ルシェリア　ウォーターボールの魔法を覚えたからどこかで威力を試してみたい。サポートしてくれ」

「かしこまりました」「わかった」

俺は初めてなので、念のため二階層で単体のゴブリンに使用してみることにした。

ゴブリンを目の前にして
「シル、一応念のため『鉄壁《てっぺき》の乙女《おとめ》』を頼む」

「かしこまりました」

「ルシェリア、仕留め損《そこ》なった時のために『破滅の獄炎《ごくえん》』を準備頼《たの》む」

「ああ、わかった」

シルが鉄壁の乙女を発動し、向かってきたゴブリンに対し、俺はついにスキルを発動した。

『ウォーターボール』

発動の瞬間、体からごっそり血液が抜《ぬ》けるような感覚があり、目の前に水の球が発現。

「おおっ」

意識するとそのままゴブリンのところまで飛んでいって
『ベシャッ』

「「「えっ」」」

思わず三人で、ハモってしまった。

呆気《あっけ》にとられてしまったがゴブリンが迫《せま》ってきたので
『破滅の獄炎』

ルシェリアが獄炎を発動して、事なきを得た。

「まじか……」

確かに俺の初めての魔法である『ウォーターボール』はしっかり発動した。

ゴブリンに向かっていくスピードも特に問題はなく、しっかりと命中もした。

ただ、小さく弱い。マジックオーブよりも少し大きい、ソフトボール大の水の球体が飛んでいった。

ゴブリンめがけて飛んでいって
『ベシャッ』

となったのだ。

イメージ的に水風船が高速で飛んでいって、破裂《はれつ》したような感じだ。

ゴブリンもほとんどダメージはなかっただろう。

魔法を発動したのは間違《まちが》いがない。

つまり憧《あこが》れの魔法使いにはなれた。

だが、しかし、憧れていた魔法使いとは全く違う。

シルやルシェリアと同等とは思っていなかったが、ＶＲゲームの初級魔法ぐらいの威力《いりょく》は期待していた。

まあ、よく考えればわかる事だが、属性が水という時点で外れだったのだ。

火や雷《かみなり》なら小さくてもダメージを与えることは可能だろう。

しかし水は違う。まだ氷であれば当たればタダでは済まない程度のダメージは与えられるだろう。
しかし水では当たっても、モンスターを狩れるほどのダメージは望めない。
当たっても濡《ぬ》れるだけだ……
大量の水であれば溺《おぼ》れさせることはできるかもしれない。
超高速《ちょうこうそく》で飛ばせればウォーターカッターのように切断できるかもしれない。
だがソフトボール大の水の球では無理だ。
失望感からくるダメージとは別に、体が重い。
気になってステータスを確認した。

高木　海斗

LV　11
HP　23
MP　10
BP　28

ＭＰが４も減っている。

この水玉一つでＭＰ４。

つまり今の俺ではこの水玉三個が限界ということだ。

俺がショックを受けているのを見かねたのかシルが声をかけてきた。

「魔法を発動できるだけですごいです。慣れてくるときっと威力も上がってきますよ」

ルシェリアも一緒になって
「まあ、あれだ。喉《のど》が乾《かわ》いた時にいつでも水が飲めるようになったと思えば良かっただろ」

その気遣《きづか》いが痛い。

あのルシェリアまでもが変な気遣いをしてきた。

夢とロマンの魔法使いになったその日は、俺にほろ苦いダメージを残した。


次の日俺はダンジョンギルドに来ていた。

きっかけ作りに、スライムの魔核《まかく》を十個だけ売り、いつものように　日番谷《ひつがや》さんに世間話ののりで話しかける。

「ちょっと興味があって聞きたいんですけどいいですか。マジックオーブってレアアイテムなんですよね」

「そうですね。滅多《めった》に売りに出されませんね」

「値段ってどのぐらいするんですか？」

「そうですね。不人気の風、水系でも三千万円以上しますね。火や、雷なら確実に五千万円以上しますね」

「や、やっぱり高いんですね。とてもじゃないけど高校生に手が出る代物《しろもの》じゃないですね」

「いえ、中には高校生探索者の方でも、成功されてマジックオーブを購入《こうにゅう》されている方もいます。高木様も是非目指されてください」

「い、いやあ。俺には無理ですよ。ちなみに水系とかの不人気オーブって何かの役に立つんですか？」

「マジックオーブで発現する魔法は、千差《せんさ》万別《ばんべつ》、いわゆるガチャみたいなものですから、当たりを引けば大きな力になってくれる筈《はず》ですよ」

「そうなんですか。じゃあ、もしハズレを引いたら諦めるしかないんですか？」

「いえ、同じ魔法でも探索者の能力や適性で大きく威力が変わってくるので、一概《いちがい》にはそうとも言えません」

「そうですか。わかりました。ありがとうございました」

俺はいつものように、そそくさとダンジョンギルドを後にした。

日番谷さんの話だと、魔法の種類は運。

これは正直『ウォーターボール』は、ハズレだろう。

三千万円とハズレ魔法。ある意味超高額《ちょうこうがく》ガチャにはずれた。

やってしまったかも……

でもどうしても魔法を使ってみたかったのだ。

この厨二夢《ドリーム》だけは誰《だれ》にも止められなかったのだ。

それよりも、俺が気になったのは、同じ魔法でも能力や適性で威力が変わるという部分だ。

俺のしょぼい『ウォーターボール』、これは俺の能力や適性が低いということだろう。しかし、能力で威力が変化するということは、魔法は画一的なものではなく、変化するという事ではないだろうか？

都合よすぎるかもしれないが、俺の能力がアップすれば威力もアップするはず。

もしかしたら、現状でも威力以外の部分は、変化させることができる可能性が有るという事だろうか？

一条《ひとすじ》の光が差し込んできた。

俺はまだ大魔法使いになることを諦めきれない。

時間はある。可能性があるなら、とことん試してやる。

さっそく、ダンジョンに潜ることにしたが、俺は二階層ではなく一階層の片隅《かたすみ》に来ていた。

検証、改良する気満々ではあるが、さすがに今の『ウォーターボール』の威力でモンスターと戦うのは、無謀《むぼう》なので、ダンジョンの片隅で一人で自習することにした。

まず一番出来そうなのは、飛んでいくスピードを変えることだろう。

『ウォーターボール』

倦怠感《けんたいかん》と共に現れた水玉に集中し壁《かべ》に向かって飛ばしてみる。

『ベチャッ』

初めて使った時と全く同じだ。

『ウォーターボール』

今度は更《さら》なる倦怠感と共に、現れた水玉に集中する。

意識を集中させ、分かりやすいよう、スピードを遅《おそ》くなるようイメージしながら壁に向かって放つ。

できた！

水玉が目に見えて遅いスピードで飛んでいき壁にぶつかった。

『バシャッ』

遅い分多少威力は落ちたようだが、俺の考えは間違っていないようだ。

『ウォーターボール』

今度は立っているのも辛《つら》くなるような、倦怠感と共に現れた水玉に、なんとか集中して、スピードアップをイメージする。

今度はかなりのスピードで水玉が飛んでいって壁にぶち当たる。

『バチャン』

スピードが乗っているぶん今までで一番の威力を発揮したようだ。

やった。これは、練習すればなんとかなるかもしれない。

この瞬間《しゅんかん》。大魔法使いへの道が少しだけ開けた…………

ような気がした。

その後あまりの疲労《ひろう》感に倒《たお》れそうになりながら、なんとか家までたどり着くことができたが、自分の部屋に入ると同時にベッドへとフルダイブして朝まで意識を手放してしまった。

翌日の放課後にまたダンジョンに潜っているが、昨日は大魔法使いへの道が開けたかもと思ったが、そんなに甘《あま》くはなかった。

今日も一階層の片隅で魔法の特訓をしている。

特訓といっても一日三発限定なので、よく考えて訓練する必要がある。

昨日の続きで、今日はスピードをできる限りアップさせることにした。

『ウォーターボール』

昨日より少しスピードアップしたようだ。

『ウォーターボール』

先ほどとほぼ同じだ。

『ウォーターボール』

何も変わらない……

これで今日の特訓は終了《しゅうりょう》してしまった。

しかも三発発動した後は歩くのもやっとの状態である。

それから、連日ダンジョンの片隅で特訓した。

まずスピードだが、これにはすぐに限界を感じた。

飛んでいくスピードは結構速くなったが、おそらくプロ野球選手の投げる球ぐらいだろう。

速いか遅いかで言うと速いのだが、百キロオーバーで水玉が飛んだところで所詮《しょせん》は水玉。

大した効果が得られることはなかった。

もしかしたら、音速を超えれば威力が増したかもしれないが、それは無理だった。

スピードを諦めた俺は、今度は大きさを変えられないか、試行錯誤《しこうさくご》した。

結論から言うと　質量は変えられなかったが、血の滲《にじ》むような一日三回の特訓で、形を変えて表面積を変化させることはできるようになった。

簡単に言うとボール状だったものを、お皿状に変えたり、丸いものを四角に変えたりといったことだ。

水玉に変化を与《あた》えることには成功したが、残念ながら俺自身には変化はなかった。

よくあるアニメの主人公のように、MPが枯渇《こかつ》するまで毎日使用するとMPが増えたり、威力が上がったりといった、お決まりの成長パターンは訪《おとず》れなかった。

一つあるとすれば、倒れそうな倦怠感に毎日晒《さら》されたことで、倦怠感に対する、耐性《たいせい》ができてきたことだ。

倒れそうでも、無視して動けるようになってきた。

まず間違い無《な》く身体には悪いだろうが。

その後も自分のできるようになったことを整理して、なんとか実戦で使用できないか試行錯誤を繰《く》りかえした。

そしてついに今日実戦に臨《のぞ》む。

前回と同じように二階層の単体ゴブリンと対峙《たいじ》した。

「シル、ルシェリア、前回と同じで頼む」

「はい」「ああ」

前回と同じように『鉄壁の乙女』に阻まれたゴブリンに向かって

『ウォーターボール』

魔法を発動して飛んでいった水玉がゴブリンの頭部にぶつかった瞬間に、ゴブリンの鼻と口を覆《おお》い隠《かく》すように水玉を広げ、貼《は》り付《つ》け固定させた。

「ゴボボボッ、ゴバッ」

ゴブリンは息が出来なくなり、苦しそうにその場で悶《もだ》えて暴れ始めたが、しばらくすると動かなくなり生き絶えてゴブリンが消失した。

「ふ〜。やった」

「ご主人様さすがです」

「やるじゃね〜か」

「まあな。ありがとう」

俺がとった作戦。それは溺れさせて窒息《ちっそく》させることだった。

威力もスピードもない。
ただの水の塊《かたまり》で出来ること。
これしかなかった。一つしかない可能性。
少ない量でも、口と鼻だけ覆い隠せば、息が出来なくなる。
作戦はうまくいき、ついに魔法でモンスターを倒すことができた。
これで俺もようやく本物の魔法使いの仲間入りだ。
「ご主人様あっちにもう一体モンスターがいます」
余韻《よいん》に浸《ひた》っていたが、シルの声で現実に引《ひ》き戻《もど》された。
言われた方に向かうと今度はスケルトンがいた。
「シル、ルシェリアもう一度、さっきと同じで行くぞ！」
俺は先程《さきほど》と同じ要領で、『鉄壁の乙女』に阻まれたスケルトンに
『ウォーターボール』
先程と同じように水玉がぶつかった瞬間　水玉の形を変化させて窒息させる。
「え？　あ……」
スクルトンは止まらなかった。
水玉ではスケルトンを止めることができなかったので、ルシェリアが『破滅の獄炎』を

使い危なげなく勝ちはした。

だが、俺の『ウォーターボール』は効かなかった。

完全に失念していた。

スケルトンは骨だけなので呼吸していなかったのだ。

窒息攻撃《ちっそくこうげき》は全くの無効だったのだ。

初めて魔法でモンスターを狩《か》り、うかれていたが、アンデッド系のモンスターには全く効果がない事が判明してしまった。

大魔法使いへの道は遠い……

いやちょっと待てよ。俺がなりたいのは大魔法使いじゃなくて、英雄《えいゆう》だった。

ちょっと舞《ま》い上《あ》がって変なテンションになってしまい目標を見失いかけてしまっていた。

俺は、これからは目標を誤らないように気をつけようと心に誓《ちか》った。

『ウォーターボール』を使いこなすようになってから、俺は三階層へ毎日のように潜っている。

ただ、もうレベルが上がる気がしない。

ついに、三階層での成長限界を迎《むか》えたようだ。

こうなれば、四階層に潜るしかない。

しかし、四階層に潜るには、俺の装備は貧弱すぎる。

武器は良いが、防具がない。

盾《たて》は持っているものの、その他の装備は量販店《りょうはんてん》で購入したデニムパンツにスエットパーカーで今まで潜ってきたが、四階層にこのままではさすがに怖《こわ》い。

今まではシルの『鉄壁の乙女』に守られてきたので無傷で済んだ。

しかし四階層でもそれが通用するかは、わからない。

なので、全身を守る防具が欲《ほ》しい。

実は、ダンジョンマーケットのおっさんには既《すで》に相談済みだ。

「あの～すいません。前回盾を買わせてもらったんですけど、今度四階層に潜ろうと思うんです。全身防具なんとかならないですかね」

「あ～おぼえてるぜ。確かあの時は二階層に潜るって言ってなかったか？　もう四階層なのか？」

「あ～、ま～、なんとか行けそうなんで」

「ヒョロイに～ちゃんだと思ったら、結構やるんだな。予算はいくらだ」

スライムの魔核千個のうち三百個は、シルとルシェリア用に残しておきたいところだ。

今までの稼ぎと合わせてマックスで五十万円だな。

「この前とあんまり変わってないんですけど、五十万円迄《まで》です。」

「う～ん。やっぱり無理だな」

「無理ですか。」

「と言いたいところだが、このやり取りも二回目だしな。中古でよければなんとかしてやるぞ」

「本当ですか？」

「ちょっと待ってろよ」

しばらくすると、おっさんが奥《おく》から二つのケースを持ってきた。

「五十万でなんとかなるのは、この二つだけだな」

「こっちが革製《かわせい》の全身防具にタングステンプレートを取り付けたものと鎖帷子《くさりかたびら》のセット」

「こっちがカーボンナノチューブで出来た全身スーツだ」

「どっちも五十万でいいぜ」

「どっちがいいですかね」

「こっちはハイテクだ。カーボンナノチューブの方が、全身覆えて隙間《すきま》なく守れる。貫通《かんつう》もしにくいが、薄《うす》いから当たれば痛い」

「逆にこっちはアナログだ。革《かわ》の防具の方は隙間はあるが、タングステンプレートと相まって防御力《ぼうぎょりょく》は高いし、それなりに厚みがあるから、装備している人間にダメージが行きにくい」

「どっちも一長一短あるからな。まず、試着してみろよ」

「いいですか？　是非試着をお願いします」

個人的にはファンタジーっぽいので、革の防具と鎖帷子がいいかと思っているが、物は試《ため》しだ。

まず、革の防具をつけてみた。

歩いたり動いたりしてみたが……重い。

想像以上に重い。

プレートが付いているせいか、つけるだけならいいが、これで走り回るのは正直無理だ。

鎖帷子だけでも異常に重い。

こんなの身につけて戦えるやついるのか……

革でこれなら、ファンタジー憧れのフルプレートメイルとか絶対無理だな。

となると残るはカーボンナノチューブしかない。

今度はカーボンナノチューブの全身スーツを着てみる。

ちょっと締《し》め付けられ、思ったより重さもあるが動けないほどではない。

全身を覆うためか、ダイビング用のウェットスーツのようだ。

これで探索しているとSFか何かのようでちょっと恥《は》ずかしい。

恥ずかしいが他に選択肢がないので思い切って
「これください」

「おう」

「しかし、探索者の装備って、どれも高いですね」

「当たり前だろ。数もでない上に特殊《とくしゅ》なものが多いからだよ。普段《ふだん》から、そんなの着てる奴《やつ》いねーだろ」

「あ～確かに」

「それはそうと、四階層の情報はしっかり持ってんのか？」

「一応、テレビとかスマホで調べてました」

「じゃあ、大丈夫《だいじょうぶ》だとは思うが、あれの対策はしてるのか？」

「ああ、あれですか」

「俺《おれ》、あれは結構得意だと思うんで、たぶん大丈夫です」

「それならよかった。まあ死なね～程度に頑張《がんば》れや」

「はい。ありがとうございます」

装備を整えた俺は、明日ついに四階層に潜《もぐ》る。

しっかり睡眠《すいみん》をとって万全《ばんぜん》の状態の俺はついに四階層へと到達した。

四階層でも俺以外の戦力は問題ないはずだが、一つだけ気がかりがある。

神と悪魔《あくま》だから多分、大丈夫だとは思うが。

「ご主人様あちらに反応があります。三匹《びき》です」

シルフィーの声と共に、四階層のモンスターに初遭遇《そうぐう》した。

「キャ〜⁉」「ウワ〜‼」

「イヤ〜、逃げましょう‼」「ぜったいムリムリ‼」

「ご主人様たすけて〜。気持ち悪いです‼」「フゥワ〜、死ぬ、死んじゃう〜⁉」

モンスターとの遭遇と同時に、俺のパーティは混乱に陥《おち》った。

パーティというより　シルとルシェリアが大変な事になってしまった。

遭遇したモンスターは、ゴギブリ型、蜘蛛《くも》型、ムカデ型が勢揃《せいぞろ》いだった。

四階層は虫型モンスターのエリアなのだ。

ただし大きさはそれぞれが大型犬ほどもある。

昆虫《こんちゅう》は人の何百倍もの力や能力を有するらしい。

それがこの大きさになったのだ。

間違いなく強敵だろう。

「シル、ルシェリア落ち着け」

「無理です！」「無理に決まってるだろ！」

「落ち着いたら大丈夫だから」

「大丈夫じゃないです!!」「落ち着けるかバカ!!」

やばい。なんかパニック状態だ。

「とにかく、近づかれたくなかったら『鉄壁の乙女』だ」

「はい！　『鉄壁の乙女』『鉄壁の乙女』『鉄壁の乙女』」

シルが『鉄壁の乙女』を連呼した。本来重ねがけは出来ないはずだが、なぜか出来ている。

「キャ～、来ないで、もうダメです!!」「うう～ムリムリ、魔界《まかい》に帰る!!」

「とにかく逃げましょう」「いますぐにいくぞ」

「いやいや。ちょっと待て。倒さないと先に行けないから」

「絶対無理です!!」「無理に決まってるだろ!!」

「大丈夫だって。俺がやるから」

「ほんとに本当ですか?」「お前じゃ無理だろ、この嘘《うそ》つき!?」

「任せとけって」

俺には自信があった。虫といえば、殺虫剤《さっちゅうざい》。

殺虫剤といえば俺には、スライム相手に散々磨《みが》いた、必殺の殺虫剤ブレスがある。

いくら相手が大きくても、所詮は虫。

装備品としてレベルアップの恩恵《おんけい》を受けた殺虫剤ブレスの敵ではない。

しかも今回はいつものより、強力な一本千三百円の超強力殺虫剤《ちょうきょうりょくさっちゅうざい》だ。

俺は殺虫剤の缶《かん》を素早《すばや》く両手に構えてモンスターに向けてブレスをお見舞いした。

蜘蛛型とムカデ型は案外あっさり倒すことが出来たが、ブレスをくらうとグネグネ　バタバタと暴れ出した。

「キャ〜、最悪です!」「ぎゃ〜、死んじゃう!!」

二人は、モンスターが暴れる姿を見てまたパニックに陥っていた。

そして、やはりゴキブリ型はしぶとかった。

ブレスをくらって苦しみ始めたが苦しみながらもガサガサ逃《に》げ始めたのだ。

逃《のが》してなるものかと『鉄壁の乙女』の効果範囲《はんい》を飛び出して追い回し、連続でブレスを吹《ふ》きかけてようやく仕留めることが出来た。

三体とも消えた後には魔核が残されていたが、丁度親指の爪《つめ》程度の大きさだった。

魔核を回収してシルとルシェリアの元に戻ると
「ごしゅじんさま～」「うう、うぇーん」

二人とも本気で泣いて抱《だ》きついてきた。

シルはキャラ的にまだわからなくもないが、ルシェリアが泣いている。

あのルシェリアが泣いて抱きついてきている。

まさか呪《のろ》われないよな……

「もう大丈夫だ。二人とも虫は苦手なのか？　半神と悪魔なのに」

「そんなの関係ありません。怖いものは怖いです！」「苦手に決まってるだろバカ！」

その後も、しばらく二人に本気で泣かれた。

これは事前に知らせておいた方が良かったのだろうか？

「今後の方針を話すぞ。とにかく四階層は今の要領で行くからな。シルの『鉄壁の乙女』で足止めして、俺が殺虫剤ブレスでしとめる」

「俺が倒し損ねたモンスターがいればルシェリアが『破滅《はめつ》の獄炎』でしとめてくれ」

「絶対やらないとダメですか？」「無理、無理」

「俺ができるだけ頑張るから頼むよ」

「う～。かしこまりました」　「無理、無理」

「ルシェリア頼むよ。できるだけ、二人がしとめなくていいように俺が頑張るから」

「本当だな。見捨てたら絶対呪い殺すぞ！」

「わかった。まかせとけって」

パニックの後、ルシェリアの意外な一面を見たが、同時に恐《おそ》ろしい約束を交《か》わして次のターゲットを探し続けるのだった。


今日までに既に何回か四階層に潜っている。

虫型モンスターが現れると
「キャ～！」「ウヮ～！」

「シル『鉄壁の乙女』を頼む」

未《いま》だに、この繰り返《かえ》しだ。

どうやら慣れるということは一切《いっさい》ないらしい。

本人達《たち》に聞いてみても
「無理なものは無理!!」

としか返ってこない。

出現したゴキブリ型モンスター名付けて『Gちゃん』三匹を相手に俺は、殺虫剤ブレスを繰り返す。

二匹が逃げ惑《まど》うと、サーバントの二人が大きな悲鳴と共に、阿鼻叫喚《あびきょうかん》の恐慌《きょうこう》状態となっている。

それでも俺が追い回して撃退《げきたい》を繰り返しているが、突然《とつぜん》『Gちゃん』の最後の一匹が『ブォーン』という羽音をさせて、飛びながら俺に向かってきた。

いくら虫が平気でも大型犬ほどもあるゴキブリが向かってきたのだ。

生物としての本能が危険を知らせるシグナルを送ってくる。滅茶苦茶《めちゃくちゃ》びびってしまった。

腰《こし》が引けた俺は、避《よ》け損ねて『Gちゃん』のギザギザの足が、肩口《かたぐち》に引っかかるような形となり、巻き込まれてしまった。

「ドン！」

軽く掠《かす》った程度だったとは思うが、強烈《きょうれつ》な衝撃《しょうげき》で一メートルほど弾《はじ》き飛《と》ばされてしまった。

「いって〜!!」

無茶苦茶《むちゃくちゃ》痛かった。カーボンナノチューブのスーツのおかげで、裂傷《れっしょう》はない。だけど強烈な打撲《だぼく》だ。普通《ふつう》に動くので折れてはいない、ただの打撲だが、滅茶苦茶痛い。

「ご主人様大丈夫ですか？」「おい、しっかりしろ」

背後からサーバント二人の声は聞こえてくるが、救援《きゅうえん》の手は伸《の》びて来なかった。

仕方がないので痛みを我慢《がまん》して立ち上がり最後の一匹を再度追い回してしとめた。

「ふ〜。危なかったな」

痛みを堪《こら》えて、二人に話しかけたが、二人ともいまだ恐慌状態から脱《だっ》しておらず、ろくな返事がなかった。

ステータスを確認《かくにん》すると一人で頑張ったご褒美《ほうび》なのかレベルアップを果たしていた。

高木　海斗
LV　12
HP　30
MP　18
BP　34
スキル　スライムスレイヤー

ゴブリンスレイヤー（仮）
神の祝福
ウォーターボール

「おおっ～?!」

前回のレベルアップと違《ちが》い『神の祝福』が十分に作用したのだろう。今までで一番数値がアップしている。

BPが6もアップした。

おそらく今回の四階層でシルからの俺への信頼《しんらい》という名の『愛』がアップしたのだろう。頑張ってよかった。

恩恵によるステータスの上昇《じょうしょう》で少し強くなった俺は、また狩りを続ける。

今度は、カマキリ型と芋虫《いもむし》型そして初のセミ型だった。

カマキリの鎌《かま》に切られれば、ひとたまりもないだろう。

できる事なら『鉄壁《てっぺき》の乙女《おとめ》』の効果範囲内《はんいない》から倒したい。

芋虫は問題ないと思うが、問題はセミ型だ。『Gちゃん』とは違い、初めての本格的な飛行タイプだ。

殺虫剤が届かない場合は、ボウガンを使用するしかない。

すぐに戦闘《せんとう》状態に入ったが、まず芋虫型を先にしとめた。

芋虫型は殺虫剤ブレスの大量噴射《ふんしゃ》で問題なく消失した。

次にカマキリ型だが、鎌の部分を伸ばして威嚇《いかく》してくるので、ブレス噴射するが仕留めるには、微妙《びみょう》に射程が届かない。

俺は、意を決して『鉄壁の乙女』の効果範囲を飛び出し、カマキリ型の側面に回り込み、タングステンロッドで牽制《けんせい》しながら殺虫剤ブレスをしかけたが、ブレスの効果はてきめんで攻撃《こうげき》される前にうまく倒すことが出来た。

残るモンスターはセミ型だ。

空中をブンブン飛び回っている。

降りてくる気配はないのでボウガンを連射する。

『カンッ　カン』

「嘘だろ⁉」

ボウガンの矢はあっさりセミ型の外殻《がいかく》に弾《はじ》かれてしまった。

四階層に潜ってからメインの武器は殺虫剤ブレスばかり使用していたので、失念していたが、昆虫の外殻はもともと硬《かた》い。

それが大型犬サイズとなると、とんでもない硬さと厚みだろう。

やばい。俺の手持ちの武器では、歯がたたない。

ボウガンの攻撃に刺激《しげき》されたセミ型が
「ジ～ジ～ジ～！」

と鳴き始めた。

「うわ～!!」

とんでもない音量、サイズ相応の爆音《ばくおん》だ。鼓膜《こまく》が破れそうになる。

「うう……」

俺は振《ふ》り向《む》いて背後の二人に助けを求めようとして絶望した。

『Gちゃん』以外も虫全般《ぜんぱん》ダメなようで、『鉄壁の乙女』の効果で音の影響《えいきょう》は受けていないようだが、音に苦しんでいる俺を見ても、全く助けようとする素振《そぶ》りは見えない。

このままではやばい。

想定外の展開になってしまったが、こうなっては、俺の手札は一つしかない。

『ウォーターボール』

セミの顔に水の塊を貼り付かせた。

本物の昆虫は気門で呼吸しているので水責めは効果が薄い。だがこいつらはあくまでも昆虫型のモンスターだ。効くかどうかわからないがやるしかない。

しばらくすると、セミ型モンスターは蛇行《だこう》をはじめ、前方に墜落《ついらく》したので、俺は気力を振り絞《しぼ》り全速力で追いかけて、地面でもがいているセミ型に向けて殺虫剤ブレスを浴びせかけ撃退することに成功した。

やった。効果があった。

ホッとした俺は、疲《つか》れがどっと出てその場にへたり込んでしまった。

さすがに今回ばかりはサーバント達のサポートの無さを嘆《なげ》きたくなった。

なんとかセミ型のモンスターを倒したものの、疲労困憊《ひろうこんぱい》となった俺は、さっさと家に帰ってすぐにベッドとお友達になった。

次の日、ダンジョンの一階層の片隅で、シルとルシェリアを喚《よ》びだし、話し合いをすることにした。

「今日もこれから、四階層に潜ろうと思うが、その前にちょっと話があるんだ」

「はい。なんでしょうか?」「一体なんなんだよ」

「昨日の戦闘のことだ『Gちゃん』との戦いの時に俺が一撃《いちげき》もらって、吹き飛んだんだけど、なんのサポートもなかったよな」

「はい……」「まあ……」

「その後のセミ型も、俺が音で苦しんでいるのは、見てたよな」

「……はい」「……まあ」

「ボウガンの攻撃が効かずに、苦《くる》し紛《まぎ》れの『ウォーターボール』でなんとか倒せたのも、見てたよな」

「………はい」「………まあ」

「今度戦ったら、上手《うま》くいかないかもしれない。死んでしまうかもしれないな」

「…………」「…………」

「虫が苦手なのもわかる。だけど、いざという時にはサポートしてほしい．俺達《おれたち》パーティだよな」

「すいません……」「それはわかるけどさ……」

「だったら次から頼《たの》むよ！」

「無理です！　無理なんです!!」「絶対無理!!」

「お前たちに被害《ひがい》が及《およ》ばないように前衛には俺が立つ。基本全部俺が戦うから、危ない時だけでも頼むよ」

「う～………」「あ～…………」

「頼むよ」

「……わかったよ」　「……はい」

なんとか頼み込む形ではあるが、話し合って解決の方向には向かえたと思う。

ちょっと不安ではあるが、こればかりは、実戦で様子を見てみるしかない。

早速《さっそく》四階層に潜り、『Gちゃん』の群れにそれも四匹の群れに遭遇してしまった。

「シル『乙女の鉄壁』頼む」

『乙女の鉄壁』に阻《はば》まれた四匹のうち、二匹は近い位置にいたので、二本持ちのダブルブレスで撃退することに成功したが、残りの二匹は、素早く「ガサ、ガサ」と離散《りさん》した。

俺は、すぐさま、二匹を追って行った。

まず追いつくことができた一匹に向かってダブルブレスをお見舞《みま》いしたが、お見舞いしている最中にガラ空きになった俺の背中に
『ドガーン!!』

「ううっ」

なんと最後の一匹が死角からフライングボディアタックを仕掛《しか》けてきたのだ。

俺は痛みと、呼吸困難で、すぐには動けなかった。

まずい。このままだとやられる。

『グヴオージュオ〜』　『ズガガガーン』

本気で焦《あせ》ったその時、聞きなれた爆音が響《ひび》いた。

爆音の後には『Gちゃん』は消失し魔核《まかく》が残されているだけだった。

痛んだ体でゆっくりと後ろを振り向くと、そこには半泣きになりながらスキルを発動したシルとルシェリアの姿があった。

「たすかった……」

俺の今の力では三匹でぎりぎり、四匹は限界を超《こ》えていたようだ。

今回受けたダメージもゴブリン戦を除くと過去最大、死を予感させるに十分なものだった。

実際にシルとルシェリアのサポートがなければ死んでいた可能性が高い。

本当に助かった。

シルとルシェリアには本当に感謝だ。

ただ……　贅沢《ぜいたく》を言えば、全部見ていたのだから、背後から襲《おそ》われる前に撃退して欲しかった。

結局『Gちゃん』の一撃をもろに食《く》らってしまった俺は、寝込んでしまった。

痛くて動けなくなってしまい、おまけに熱も出てしまった。

結構　重症《じゅうしょう》だ。

今日で、もう三日も寝込んでいるうえ学校も休んでしまった。

このぐらいのダメージは低級ポーションがあれば、一瞬《いっしゅん》で回復するのだろうが、残念ながら俺は持っていない。

何しろ一本十万円もする高級品なのだ。

仕方がないので自然治癒力《ちゆりょく》に任せる他なく、ベッドに張り付いている。

身体の具合から考えると明日には動けるようになりそうだ。

明日は土曜日なので学校も休みだ。

寝《ね》るのにも飽《あ》きてきたので、明日は買い物でも行こうかなと考えている。

特に買うものも無いので、いつものようにダンジョンマーケットにウィンドウショッピングに行こうかと思う。

次の日、なんとか動ける程度には回復したので、予定通りダンジョンマーケットに向かうことにする。

家を出てしばらく歩いていると向こうの方から気配がした。

これは……

葛城《かつらぎ》さんの気配ではないか。

悪いことをしたわけでもないのに慌《あわ》てて十字路の陰《かげ》に隠れてしまった。

しばらくすると葛城さんが女友達と二人で楽しそうに会話をしているのが聞こえてきた。

友達の方が
「岡島《おかじま》くんってかっこいいよね～！」

「え～そうかな？」

「超《ちょう》イケメンでしょ」

「わたし、ちょっとチャラい感じの人は苦手だから……」

「じゃあ春香《はるか》はどんな人がタイプなの？」

こ、これはまさかの恋《こい》バナ⁉

しかも葛城さんのタイプ？

俺は何があっても聞《き》き逃さないように全神経を耳に集中させた。

「う～ん。何かに一生懸命《いっしょうけんめい》打ち込んでる人かな。それと優《やさ》しい人かな」

なんだと……

何かに打ち込んでいる人⁉

俺か？　俺のことなのか？

俺はダンジョンに打ち込んでいるぞ。

優しい人？

俺は葛城さんのためならいくらでも優しい人になれる。

やばい……

葛城さんと両想《りょうおも》いかもしれない。

そんなありもしない妄想《もうそう》に脳みそを支配されながら俺は葛城さんたちの後ろ姿をこそこそ後ろから眺《なが》めて、にやにやしていた。

「ママ、この人変質者」

「真理！　ちょっとやめなさい」

気がつくと、小さな女の子が俺を見て指差しており、それを母親が慌てて止めていた。

ま、まずい……さすがに気まずい雰囲気《ふんいき》となり、そそくさとその場をあとにした。

『変質者』って、どこがだよと思いながらも予定通りダンジョンマーケットにやってきた。

特に欲しいものがあるわけではないが、子供の頃《ころ》からの休日の日課のようなものだ。

いつものようにショーケースの中をじっくり眺めていく。

上級ポーションを見て、これがあれば、この痛みを一瞬で消してくれるだろうなと思いながら、当然値段を見て次の商品に目を向ける。

幻想《げんそう》武器であるミスリル製のナイフを見て、いつか自分もダンジョンで手に入れて、使いこなしたいと妄想にふける。もちろん買う気は一切ない。

買えるわけもない。

次にポーチ大のマジックバッグを見るが、これさえあれば、魔核や殺虫剤をリュックに背負う事もない。もっと身軽にダンジョンに潜れる。

今一番ほしいアイテムだ。

しかし値段が高い。

マジックバッグの中では最小にもかかわらず一千万円もしている。

このマジックバッグに殺虫剤が何本入るだろうか。

とても手が出ない。

これもどうにかしてダンジョンで手に入らないだろうか。

そんなふうに、妄想しながらダンジョン産アイテムを見て回るのは本当に楽しい。

たとえ、人に暗いとか、気持ち悪いとか思われていたとしても、これはやめられない。

しばらくウィンドウショッピングを続けていると普段は見慣れない、ショーケースが端《はし》っこにあった。

よく見ると在庫処分と書かれている。

在庫処分？

そんなの今までなかったな。

興味をひかれて、ショーケースの中を見てみた。

先が欠けたナイフ。

錆《さ》びてぼろぼろの籠手《こて》。

色がちょっと濁《にご》った低級ポーション。

端々《はしばし》が千切れたモンスターの毛皮。

等々売られている。

それもタダではなく、そこそこの値札が付いている。

色がちょっと濁った低級ポーションはかなり欲しいと思ってしまったが、商品説明欄《らん》に、賞味期限切れにつき、効果不確定。体調に変化があった場合でもダンジョンマーケットは一切責任を負いません。と書かれている。

これ売っていいやつか？

と思ったが、買わなければいいだけなのでスルーする事にした。

何かないかと物色していたら、端の方に青い小さなガラス玉のようなものが装飾《そうしょく》された、ブレスレットらしきものがあり、この中ではまともなアイテムに見えたので、俺はじっくり見てみることにした。

俺はガラス越《ご》しにブレスレットを見てみたが特に壊《こわ》れている様子もなく、普通に綺麗《きれい》だ。

商品説明を見てみると。
身につけた人の魔法《まほう》効果を増幅《ぞうふく》する。
ただし魔法発動中はその場から動けなくなる制約がかかります。
これは……
いわゆる、呪いのマジックアイテムではないか。
魔法を増大する。これは素晴《すば》らしい。
しかし、その次の魔法発動中に動けなくなる制約がかかる。
これは致命的《ちめいてき》ではないだろうか。
敵が複数の場合、魔法発動中に狙《ねら》われると一発でやられる。
三階層より奥のモンスターには致命的欠陥《けっかん》というより呪いだ。
マジックアイテムには時々呪いのアイテムと呼ばれるものがある。
効果に対して、デメリットとなる制約がかかるアイテムたちだ。
たまに使用している人もいるが、クセが強すぎてほとんどの場合見向きもされない。
値段を見ると十万円。
安くはないが頑張れば買えないことはない値段だ。
「う〜ん」

ちょっと俺に当てはめて考えてみた。

魔法《まほう》の効果が増大。

これは貧弱魔法使いの俺には喉《のど》から手が出るほど欲しい効果だ。

だが、発動中に動けなくなる……

「んっ?」

そこで気づいてしまった。

よくよく考えると俺にはシルがいる。

魔法発動を『鉄壁の乙女』の効果範囲内だけに限定すれば動けなくても問題ないのではないか。

今までも効果範囲内から魔法を発動している間に攻撃されたことはない。

これは……

もしかして俺のための、呪いのアイテム、いやマジックアイテムに違いない。

居ても立ってもいられなくなった俺は、急いで家に帰って、なけなしの十万円を握《にぎ》りしめ、ブレスレットの購入《こうにゅう》に向かった。

販売員《はんばいいん》のお姉さんにブレスレットの購入を伝え、アイテムを取り出してもらう。

「あの~。これを本当にご購入でよろしかったですか?」

「はい。お願いします」

「ご自分で使用されるんですか？」

「はい。そのつもりです」

「そうですか……では商品の説明はよくお読みになりましたか？」

「はい。大丈夫です」

「そうですか……マジックアイテムとしては安価ですが……これは……所謂呪《いわゆるのろ》いのアイテムです。本当にご購入で大丈夫ですか？」

「はい。大丈夫です。」

「正直、若い方がご使用になるのをあまりお勧《すす》めはできませんが」

「心配していただいてありがとうございます。でも大丈夫です」

「わかりました。それでは、このアイテムが原因で何かあってもダンジョンマーケットは一切の責任を負いかねます。ご了承《りょうしょう》ください」

「はい。わかりました」

俺は期待いっぱいで、ブレスレットを手に入れたのだが、販売員さんに変に気を使われた感がすごかった。

きっとあの人はすごくいい人なんだろう。

今日は休息日と決めていたが、マジックアイテムを手に入れ、我慢できなかった。

すぐにダンジョンの一階層の片隅《かたすみ》に向かった。

早速、購入したブレスレットを腕《うで》にはめ、魔法を使用してみる。

『ウォーターボール』

魔法の発動と共に身動きが取れなくなるような拘束感《こうそく》が発生した。これが呪いと呼ばれている所以《ゆえん》だろう。

ブレスレットの効果は魔法の効果増大。

おそらく、水玉が大きくなるか、飛んでいくスピードがアップするのだろうと漠然《ばくぜん》と考えていた。

しかし、ブレスレットの効果は思っていたのとは違う形で現れた。

水玉の大きさは、今までと全く同じソフトボールの球ぐらい。

飛んでいくスピードも変化なし。

ただ俺《おれ》の『ウォーターボール』にはとんでもない変化が現れた。

『ズガン！』

「えっ⁉」

壁《かべ》にぶち当たるといつもとは違う、硬質《こうしつ》な炸裂音《さくれつおん》がした。

よく見ると、ウォーターボールは水玉ではなく、氷の玉になっていた。

ブレスレットの効果は、ウォーターボールがアイスボールになるという思っても見ない効果を発揮した。

この瞬間《しゅんかん》俺は、ブレスレットの効果で『アイスボール』使いとなっていた。

大きさは変わらないのでそこまでの威力《いりょく》はないかもしれないが、今までの殺傷能力ほぼゼロからすれば雲泥《うんでい》の差だ。

俺は小躍《こおど》りしたくなる気持ちを抑《おさ》えて、きっちりあと二発を発動させて、強烈な倦怠感《けんたいかん》と充足感《じゅうそく》を感じながら家に帰った。

第五章 告白

俺は今度五階層に挑《いど》む。
以前から五階層に潜ることになったら、告白する事に決めていた。
ずっと先延ばしにしてきたが、ついに覚悟《かくご》を決めた。
明日、俺は葛城春香《かつらぎはるか》さんに告白する。
朝、目が覚めてからずっと落ち着かない。
学校に行こうとしているのだが、期待感と共に足が重い。
いつもより少し遅《おそ》めに教室に到着《とうちゃく》したが、いつも通り大山真司《おおやましんじ》と水谷隼人《みずたにはやと》に
「おう」
と声をかけるといつも通り
「「おう」」
と挨拶《あいさつ》が返ってきた。
その後授業を受けているが、内容がほとんど頭に入らない。

告白の事で頭がいっぱいで、葛城さんのことをチラチラ見てしまう。

昼休みに三人でたわいも無い話をしていたが、突然、隼人と真司が

「なんかあったの？」

「海斗《かいと》、今日変じゃないか？」

鋭《するど》い……

「いや別に……」

「絶対なんかあっただろ」

「いや特に……」

「葛城さんか？」

「え。は？　い、いや。ん、な、何言ってんの」

「やっぱりそうか」

「い、いや、やっぱりって、全然違うし」

「振られたのか？」

「いや振られてない」

「そうか。これからか」

「これからって。どういう意味だよ」

「そういう意味だよ」

「いや、俺《おれ》は葛城さんと絶対付き合えるって」

「海斗、頭大丈夫《だいじょうぶ》か？」

「大丈夫に決まってるだろ」

「これから告白か？」

「な、なんでわかった？」

「いや、バレバレでしょ。なあ真司」

「ああ、朝からずっと葛城さんの方見てぼ～っとしたり、そわそわして、気持ち悪かったぞ」

「いや、気持ち悪いってどういう事だよ」

「それだけ態度に出てたらな～。普通気づくだろ」

「チキンの海斗くんが一体どういう心境の変化だ？」

「チキンじゃないって。俺は今日英雄《えいゆう》になる」

「英雄って柄《がら》かよ。どっちかっていうとストーカーだろ」

「なっ⁉」

「クラスの結構な人数がストーカーはいってると思ってるぞ」

「え、マジで……」

「うんマジで」

「それってクラスの奴《やつ》らは、俺が葛城さんのことが好きなことを知っているって事か？」

「そんなの当たり前だろ。気付いてないのは葛城さんぐらいじゃないの」

「え……」

「普段《ふだん》から葛城さんのこと見過ぎなんだよ」

「あ～……」

「それで今日告白するのか？」

「そうだよ。悪いか」

「いや、悪くない。早く次の恋を見つけろよ」

「なんで振られる前提なんだよ」

「え。いけると思ってるの？」

「当たり前だろ」

「は～。ま～いいんじゃないか。海斗らしいよ。ま～頑張《がんば》れ」

お決まりパターンではあるが、放課後、葛城さんを呼び出した。

「急に呼び出してごめん」

「別にいいよ。暇《ひま》だったし」

「あ、あの葛城さん」

「はい」

「あ、あの。ぼ、ぼくは葛城さんが、い、いや葛城さんと、お、お、おつ、おつ、おつかいしたいです」

「え？　おつかい？」

「い、いや、ち、ちがっ」

「あ〜、一緒《いっしょ》にお買い物に行きたいの？」

「えっ。あ、ああ、うん、そうそう。一緒に買い物行かないかと思って」

「別にそのくらい良いけど」

「えっ？　いいの」

「別にいいよ。何か買いたいものがあるの？」

「あ、ああ。探索《たんさく》者用のアイテムを買いたくて」

「そういえば高木《たかぎ》くんは探索者頑張ってるんだったね。でもわたし全然詳《くわ》しくないんだけど大丈夫？」

「あ、それは全く問題ない。むしろ詳しくない方がいいぐらい」

「え～。詳しくない方がいいぐらいって。なにそれ」

「あと服も買いたいし。葛城さん、センスよさそうだから」

「別に普通だと思うけど。それじゃあ、お買い物いつにする？」

「今週の日曜日にお願いします」

「うんわかった。場所はどこにする？」

「駅前集合九時でお願いします」

「うん。じゃあそれで。日曜日にね」

買い物の約束をすると、そのまま葛城さんは去っていった。

これは一体何だ？

俺は何をやったんだ？

告白は……

日和《ひよ》って失敗した。

よりにもよって、おつかいってなんなんだ。

自分で自分が信じられない。

しかし、なぜか葛城さんとおつかいの約束をしてしまった。

二人でおつかい、いや、お買い物。

これってデートではないのか？

どういう事だ？

誘《さそ》っておいてなんだが、なんで来てくれるんだろう。

教室に戻《もど》ると隼人と真司が待ち構えており
「頑張ったな。今日は残念会開こうぜ」

「いや、振られてないし」

「は？　どういう意味？」

「いや言葉通りだけど」

「ま、ま、まさか。ＯＫもらえたのか？」

「いや、それもちょと違う」

仕方がないので先程《さきほど》のおつかいの件を教えたら二人は腹を抱《かか》えて大爆笑《だいばくしょう》した。

大爆笑のあと、

「ところで葛城さんは、なんでおつかいに一緒に行ってくれるんだ？」

「さあ？」

と曖昧《あいまい》な返事しかできなかったが日曜日は、葛城さんと初めてのおつかい、いやお買い物。

いやが上にもテンションが上がってきた。

ブレスレットにより、『ウォーターボール』が強化された翌日から、俺はまた四階層に潜《もぐ》り始めた。

「大分、体の調子も戻ってきた感じがするな」

「シル、ルシェリア　今日も打ち合わせ通り頼むぞ」

「かしこまりました」「あぁまかせろ」

すぐ『Gちゃん』五匹《ひき》に遭遇《そうぐう》した。

今迄《まで》で、最大数のモンスターだ。

相変わらず、シルとルシェリアは顔を引きつらせている。

俺が無言でシルの方に顔を向けると

『鉄壁の乙女』

シルがすぐにスキルを発動した。

この辺りは連戦で連携《れんけい》がかなり取れてきて、いちいち指示しなくても、阿吽《あうん》の呼吸で意思疎通《そつう》が取れるようになってきた。ルシェリアについても、今のところ四階層限定ではあるものの徐々《じょじょ》に意思疎通が取れてきている。

いつものように『鉄壁の乙女』に群がってきた五匹の『Gちゃん』だが怒涛《どとう》の迫力《はくりょく》があり、俺の生命本能が悲鳴をあげる。

それを無理やり押《お》さえつけ、殺虫剤《さっちゅうざい》両手持ちの必殺の殺虫剤ダブルブレスで手早く二匹を狩《か》った。

その瞬間《しゅんかん》残りの三匹が離散したが、そのうちの一匹に向けて
『ウォーターボール』

拘束感と共にブレスレットで強化された氷玉が一直線に飛んでいき
『グシャ』

氷の球が見事命中して逃《に》げる『Gちゃん』を問題なく狩れたが、身体を覆《おお》っていた拘束感も着弾《ちゃくだん》と共になくなった。

残りの二匹は、シルの『神の雷撃《らいげき》』とルシェリアの『破滅《はめつ》の獄炎《ごくえん》』であっさりと片付いた。

二人を見ると、若干《じゃっかん》顔色が悪い気はするが、どうやら先日の話し合いが効いたようで、取り乱さずにしっかりと立っていた。

この調子だと、なんとか四階層を探索できる目処《めど》が立ったようだ。

その後一ヶ月《かげつ》に渡《わた》って、昆虫《こんちゅう》系のモンスターを狩り続けレベルも上がらなくなってしま

った。
どうやらこの階層でのレベル限界を迎《むか》えたようだ。

現在のレベルは

LV　14
HP　42
MP　27
BP　47
スキル　スライムスレイヤー
　　　　ゴブリンスレイヤー（仮）
　　　　神の祝福
　　　　ウォーターボール

レベルは14に達していたが驚《おどろ》くべきはステータスの上昇幅《じょうしょうはば》だ。
なんとBP47になっていた。

どうやら、四階層補正とでも言えばいいのか、この階層ではシルが俺に依存《いそん》していると
いっても過言ではない特殊《とくしゅ》な状況《じょうきょう》にある。
その依存度《いそんど》がダイレクトにステータスの上昇《じょうしょう》補正に影響《えいきょう》したようなのだ。
ある意味頑張ったのが報《むく》われたようで、とにかく嬉《うれ》しい。
そして最近になって気づいたことがある。
たぶんLV2にレベルアップした影響かシルが少しだけ成長した気がする。
ほんの少しだけだったので、女性慣れしてない俺がすぐに気がつくことはなかったが、
しばらく一緒にいてなんか違和感《いわかん》があるなと思ったら、よく見ると本当に少しだけ背が
伸《の》びた気がする。
これはもしかしたら、サーバントのレベルを上げていけば、カードの通り絶世の美女が
現れるかもしれない。
そう思ったら、モチベーションとテンションが一気に上がってしまった。
そんな理由もあって、そろそろ四階層からの卒業を考えている。
四階層では、ほぼ毎回俺が前衛をやった。
魔法も覚えて、さらにアイテムのおかげではあるが強化もできた。
レベルもステータスもアップした。

前衛に立った所為《せい》で、スライム狩りとまではいかないが、モンスターを倒《たお》す技術も少しは上がった。

シルとルシェリアと三人ならきっと、五階層でもやっていける。

ただし、四階層のように殺虫剤はそれほど活躍《かつやく》しないと思われるので、今まで通りにはいかないかもしれない。

「シル、ルシェリア、ちょっといいか？」

「はい」「なに？」

「そろそろ五階層へ進もうと思ってるんだけど、二人はどう思う？　俺は今の調子ならいけると思ってるんだけど」

「一つ質問があります」

「ん？　なんだ？」

「五階層にも、虫はいるのでしょうか？」

「いや五階層は虫型のモンスターエリアではないから、多分いないと思うけど」

「是非《ぜひ》行きましょう！　今すぐ行きましょう!!　さあ早く!!!」

「それを早く言えよ。バカなんじゃないの!?　何が悲しくて四階層にいないといけないいんだよ。バ～カ！」

「え～……」

二人の虫嫌《ぎら》いは理解しているが、五階層だぞ。

そんなにさっさと進んで大丈夫か？

提案したのは俺《おれ》だけど、こうして俺達《おれたち》が来週から五階層に潜ることが決まったと同時に俺は葛城さんへの告白をついに決意した。

未知の世界である五階層なので、しっかり準備もしたいところだ。

だからというわけではないが、今日は葛城さんとお買い物だが決してデートではない。

告白したはずが、馬鹿《ばか》な俺のせいで、なぜか二人でお買い物をすることになってしまった。

もちろん初めて二人でお買い物に行くので、ものすごく嬉しい。

九時に待ち合わせたが最寄《もよ》り駅に八時に着いてしまった。

テンションが上がりすぎて、あまり眠《ねむ》れなかったのと、家にいても、そわそわして落ち着かないので早く来てしまった。

もちろん葛城さんはまだ来ていないので、一人で待っているが、とにかく落ち着かない。

一時間ってこんなに長かったっけ。

八時四十五分になると、ついに葛城さんが現れた。

「おはよう」

「お、おはよう」

「今日これから何処《どこ》にお買い物行くの？」

「え～っと。まずダンジョンマーケットに行ってから、ショッピングモールに行こうと思うんだけど、いいかな」

「うんいいよ。ダンジョンマーケットって行った事ないから、ちょっと興味があるんだよね」

私服の葛城さんを見るのは小学校以来だが、実に強烈《きょうれつ》だった。

清楚《せいそ》が服を着て歩いている。

いや服も清楚で可愛《かわい》い。

白のワンピース。

可愛い。

制服とは違《ちが》った意味ですごくいい。

やばい。俺にクリティカルヒットしてしまった。

普段無いぐらい心臓がどきどきしながらも、なんとかそれを胡麻化《ごまか》してダンジョンマーケットに二人で向かった。

「へ～。ここがダンジョンマーケットなんだ。結構大きいね！　人もいっぱいいるね！」

「まあ、日曜だから」

「そっか。高木くんはよくここに来るの？」

「まあ、よく来てる方だと思うけど」

「放課後いつも、すぐ帰ってるけど、ここに来てるの？」

「い、いや。いつもは大体ダンジョンに潜ってるから」

「そうなんだ。毎日ダンジョンなんだ。危なくないの？　なんかすごいね！」

社交辞令だとはわかっているが、すごいと言われて、急速に顔に血液が集中してきた。

鏡があれば、トマトのように真っ赤になっているかもしれない。

「い、いや。別にすごくないよ。慣れだよ、慣れ」

あたふたしながら、しどろもどろに返事をするのが精一杯《せいいっぱい》だった。

今回五階層に向けてどうしても欲《ほ》しかったのが低級ポーションだ。

十万円もするアイテムだが、回復手段を持たない俺には、五階層に挑む為《ため》にも必須《ひっす》だと思えた。

早速《さっそく》、低級ポーションを店員さんに注文してお金を払《はら》ったが、

「高木くんってお金持ちなんだね～。高い商品をさっと買うからびっくりしたよ」

「いや、いや、俺もこれを買うのは初めてなんだけど、今度どうしても必要になりそうだから思い切って買っただけだよ。いつも買ってるわけじゃないよ」

「ふ〜ん。そうなんだ」

そんな会話をしながら歩いていると、いつもの武器店のおっさんが声をかけてきた。

「お〜坊主《ぼうず》。今日は偉《えら》いべっぴんさん連れてるじゃね〜か。坊主の彼女《かのじょ》か？」

おっさん突然《とつぜん》なにを言いやがる。

「え？　いや違いますよ。同じ学校のクラスメイトですよ。いやだな〜」

「ふ〜ん。クラスメイトね〜。まあ坊主の彼女にしてはべっぴんすぎるわな」

おっさん。余計なお世話だ。

「坊主、モテなさそうだもんな。お嬢《じょう》ちゃん、こいつのお守《も》り大変だな」

「いえ。初めてダンジョンマーケットに連れて来てもらったので凄《すご》く楽しいですよ」

「お嬢ちゃんいい子だな。まあちょっと変わった坊主だがよろしく頼《たの》むわ」

おっさん、なに余計なこと言ってんだ。しかもちょっと変わった坊主ってどういう事だよ。

「あ〜また今度来るんで。それじゃあっ」

これ以上は、事態が悪化すると思い、早急《さっきゅう》に葛城さんを連れて立ち去った。

「なんか、いい人だったね～」

「えっ、どこが？」

ちょっと葛城さんが言っている意味がわからなかったが、その後は、おっさんもいなかったのでいつも通りウィンドウショッピングが出来た。

おっさんとのやりとりで、あたふたしたせいで、いい具合に肩《かた》の力が抜《ぬ》けて、葛城さんと普通《ふつう》にお買い物が出来た気がする。

俺達は予定通りダンジョンマーケットの買い物を終えた後に、ショッピングモールに来ている。

ダンジョンマーケットの時と違って、特に、あてがあるわけでもなく、欲しいものがあったわけでもない。

葛城さんとお買い物が決まって、とっさに思いついたのがショッピングモールだっただけだ。

一応服を買いたいとは言ったものの、ほぼ毎日ダンジョンに潜っていたのでデニムパンツにパーカーかトレーナーで十分なのだが、今回に限ってそれは内緒《ないしょ》だ。

葛城さんが俺の好みを聞いてきた。

「どんな服が好みなのかな？　カジュアルな感じかな？」

「あんまりよくわからないからお任せしていい？」

「わかったよ。まかせといて」

と言って連れて来られたのは、いつものカジュアルな感じのお店ではなく、なぜか、ちょっとお洒落《しゃれ》な大人っぽいお店だった。

一人だったら気後《きおく》れして入れそうにないお店だ。

「あの～葛城さん？」

それからなぜか、俺の着《き》せ替《か》えショーが始まった。

俺のショーなんか誰《だれ》も見たくないだろうに……

「あ、こっちもいいかも。でもやっぱりこっちかな。ちょっと着てみて」

「あ、ああ、はい」

普段見た事のない葛城さんのノリに圧倒《あっとう》させられながら、俺は着せ替え人形と化した。

もしかしたら一時間程度は、着せ替えショーが続いたかもしれない。

普段それ程《ほど》服に執着《しゅうちゃく》しないので、いい加減疲《つか》れてきた頃《ころ》
「うん。これが一番いいと思う。どうかな」

それは、白のキレイ目なスキニーパンツに紺色《こんいろ》のジャケット。

自分では違和感しかない。

俺これ着ても大丈夫か？

こんな服いつ着るんだ？

とは思ったものの
「ああ。まあ。すごくいいと思います。さすが葛城さんセンスいいです」

「よかった。じゃあせっかくだからこのまま着替《きが》えて、この後回ろうよ」

「え？　今着替えるの？」

突然の申し出に断る術を持たない俺は、そのままの格好でその後一日を過ごす事となった。

新しい服に着替えてウィンドウショッピングを続けていたが、よく考えると今日は俺の物しか買っていない。

かといってプレゼントを贈るような間柄《あいだがら》でもないしどうしたらいいだろう。

そんな事を考えていると、ちょうどゲームコーナーに差《さ》し掛《か》かった。

俺は、葛城さんが歩きながらクレーンゲームの、大きなぬいぐるみに目を奪《うば》われている事に気がついて
「あのぬいぐるみ欲しいの？」

「ううん。クレーンゲームとかで取れた事ないから。ちょっと可愛いと思っちゃっただけ」

「ああ、じゃあちょっと、待ってて」

俺は、クレーンゲームの前まで行くと百円を入れてアームを起動した。

タグに引《ひ》っ掛けて取ろうとするが、思いの外アームが弱くてうまく取れなかった。

それからもう百円使い、再度挑戦《ちょうせん》して、めでたく目当てのブタのぬいぐるみをゲットした。

「すごーい。わたしほとんど取れた事ないよ」

「これ。どうぞ」

「え。くれるの?」

「今日のお礼のかわり」

「ありがとう。うれしい。このぬいぐるみ可愛いと思ってたんだ」

俺は以前VRゲームにハマる前にゲームセンターにもハマったことがあり、クレーンゲームもその時かなりやり込んだ。

当時、男がぬいぐるみを大量に取っても、ちょっと扱《あつか》いに困ったものだが……

あの時の不毛な日々はこの時の為にあったのだと、過去の俺に感謝した。

その後、ブタのぬいぐるみを持った葛城さんと並んで歩いていると、

「あれっ、高木じゃないか?」

「え……」

「やっぱり高木か。おしゃれしてて見違《みちが》えたよ」

そこには同じクラスの岡田剛《おかだごう》が立っていた。

岡田とは特別仲が良い訳ではないが、悪くもない。

岡田は学校では俺と違い、社交的にやっているのでクラスの中でも結構目立っている。

「あっ……葛城さん……」

どうやら俺にしか目がいってなかったようで、横にいる葛城さんに気付いてかなり動揺《どうよう》しているようだ。

「え、なんで葛城さんと高木が一緒に……」

「あ～、ま～、あれだ」

「一緒にお買い物に来てるんだよ」

葛城さんの声に岡田が、あからさまに狼狽《うろた》えた。

「ああ、そ、そうなんだ。ああ、俺はちょっと用があるから、じゃあ」

そう言って、それ以上話す事もなく去っていった。

大丈夫だろうか。

明日学校で何もなければいいけど。

岡田の反応に一抹《いちまつ》の不安を覚えたが、もうどうしようもない。

実際に葛城さんとは何もないのだから、こちらも反応のしようがない。

葛城さんは大丈夫だろうかと思い、目をやるが、特に気にした様子もない。

この日はそれからしばらく歩いてから、駅で解散した。

慣れない買い物と葛城さんと一緒だった緊張感《きんちょう》から、ダンジョンの四階層に潜った時よりも、数倍疲れていた。

ところで、このお買い物って、ちょっとデートっぽかったかもと後になって気がついた。

もちろんデートでは全くないのだが。


本来の予定では、今日五階層に潜るつもりだったが、俺はまだ四階層に潜っている。

五階層への挑戦《ちょうせん》が遅《おく》れた理由は、ランクアップの手続きのためだ。

本来ＢＰ40に到達《とうたつ》した時点で申請《しんせい》できたが、四階層を抜けるタイミングで申請したかったのだ。

「高木海斗さ〜ん」

「はい」

「おめでとうございます。こちらがアイアンランクの識別票となります」

「ありがとうございます」

「履歴《りれき》を見ると、ストーンランクから数《すう》ヶ月《げつ》でのランクアップですね。すごいですね。何か特別な攻略法《こうりゃくほう》でもありましたか？」

「い、いや。そういう訳ではないんですけど。はは……」

「ストーンランクには二年以上かかられたようですが、そこから僅《わず》か数ヶ月でアイアンランクですからね。なかなかない事ですよ。これからも頑張ってくださいね」

「はい。がんばります」

滅多《めった》に褒《ほ》められる事がないのに、このタイミングでギルドの人に褒められて、顔に血液が集中してしまった。

「アイアンランクの特典ですが、すべてのアイテムの買取価格が五パーセント割増となります。またダンジョンマーケットでの買い物がレアアイテムを除き五パーセント割引となります」

ストーンランクより少しだけ優遇《ゆうぐう》されるようだ。

ほんの少しだけ……

自分でも信じられない。シル達に出会ってからすごいペースで変化が訪《おとず》れている。

少し前の俺なら、アイアンランクと五階層進出なんて話を誰かにしたら笑い話にしかならなかっただろう。

それが今、現実になった。

まだ先は長い。でもこれからもシル達と進んでいこう。今はそう思っている。

手続きに時間がかかった為、五階層への挑戦は見送り、今日は四階層に潜ることにした。

いつも通り探索をしていたが、後ろで何やらシルとルシェリアがコソコソやっている。

気にはなるが、ちょっと怖《こわ》いので放っている。

「ルシェリア、お話ってなあに？」

「ああ、あのさ～。あれだよあれ」

「あれってなあに？」

「名前だよ名前」

「名前って？」

「シルフィーはシルって呼ばれてるだろ。わたしはルシェリアのまんまだろ。結構一緒にいるけど、ルアとかシェリとか呼ばれないのかなと思ってさ」

「あ～。ルシェリアも愛称《あいしょう》で呼んでもらえるようにご主人様に頼んでみれば？」

「い、いや。呼んで欲しいわけじゃないから。なんとなくだよ、なんとなく」

「ルシェリアはご主人様の事どう思っているの？」

「いや、正直、最初は冴《さ》えない奴に召喚《しょうかん》されたな～。ハズレたな～と思ってたんだけど。ケチだし。それが最近、結構わたしに優《やさ》しいし」

「うん、ご主人様って優しいよね」

「弱っちいから、役立たずだと思ってたんだけど、この階層に来てから特にな。結構頑張ってるなとは思う」

「そうだよね。虫がダメな私たちのために、頑張ってくれているよね。かっこいいよね」

「い、いや～？　かっこよくはないけどな。まあちょっと、認めてやってもいいかと思って」

「そうなんだね。ルシェリアもご主人様が大好きなんだね」

「バ、バカ⁉　違うって、全然好きじゃないし。ちょっとマシになっただけだ！」

「うん、うん。じゃあ私がご主人様にお願いしてあげる」

「えっ、いいのか？」

「うん」

どうやらコソコソしていたのが一段落したようだ。

「ご主人様」

「ん？　なんだ」

「一つお願いがあるんですが、よろしいでしょうか？」

「お願い？　内容にもよるけど」

「ルシェリアの名前なんですけど、シルみたいに呼び名をつけてもらえないでしょうか？」

「えっ、ルシェリアに？　それ大丈夫か？　あいつに呪《のろ》われないかな？」

「これはルシェリアが望んでいる事なんです」

「そ、そうなのか。それじゃあ考えるぞ。う〜んじゃあ『ルシェ』がいいかな」

「はい。とってもいいと思います。ねえルシェリア」

「あっ、ああ。センスねえな。だけどまあ、もらっといてやるよ。『ルシェ』な」

「ああこれからもよろしくな。ルシェ」

「う。う、うん。まあよろしく」

なんだこの態度は？

自分達で呼び名をつけてくれと頼んできたのに、センスがないとか。

しかも仲良くなる為の呼び名かと思ったら、妙《みょう》によそよそしい。

意味がわからない。

やっぱり、ルシェリア、いやルシェは難しい。

そんなこんなで、仲も深まったのかよくわからないが、ランクアップも果たし、テンシヨンMAXで明日から五階層に挑《いど》む。

翌日になりテンションMAXのまま、ついに俺《おれ》は五階層に足を踏《ふ》み入《い》れている。

五階層のモンスターは、今までの生物系と大きく異なる。

「シル、モンスターはいるか？」

「あっちに二体です」

奥《おく》から現れたのは、マッドマンとサンドマンのグループだった。

今までの生物系とは違い、動いてはいるが生きているのかよくわからない。

それぞれ『マン』とついているが、男というわけではなく、人型なだけである。

とりあえず、シルに『鉄壁《てっぺき》の乙女《おとめ》』を使用してもらい、様子を見る。

試《ため》しにボウガンをマッドマンに連射してみる。

『グチャ』

「へっ？」

ボウガンの矢がすり抜けた？

慌《あわ》てて今度はサンドマンに向かって射出してみる。

『ジャリッ』

「あっ！」

やっぱり、矢がすり抜けてしまった。

予想外の事態にかなり焦《あせ》ったが、なんとか気持ちを立て直して、タングステンロッドでマッドマンに殴《なぐ》りかかる。

『グチャッ』

鈍《にぶ》い感覚と共にタングステンロッドもマッドマンの体をすり抜けてしまった。

こいつらもしかして物理攻撃《こうげき》が効かないのか？

かなりまずい。というかやばい。

もしこれが効かなかったら、俺には攻撃手段がない。

俺は間髪《かんはつ》を容《い》れずに殺虫剤ブレスを射出したが、残念ながら効果は全く無いようだった。

マッドマンとスライム、正直何が違うのかわからないが、効かないものはどうしようもない。

「ルシェ『破滅の獄炎』を頼む」

「ああ」

『グヴオージュオ～』

ルシェがスキルを発動した瞬間、獄炎の炎《ほのお》に焼かれて二体とも跡形《あとかた》もなく消失していた。

やばい。

どうする。

俺の攻撃が一切《いっさい》通じない。

考えても正直どうしようもない。

せっかくレベルアップしたし、魔法《まほう》も覚えた。

五階層は俺が活躍するつもりだった。

だけど、これは無理だ……

こうなったら、仕方がない。

攻撃はシルとルシェに任せるしかない。

最近、シールドの出番が少なくなっていたので今回は俺が盾《たて》役をやる。

主人としての威厳《いげん》を保つにはそれしかない。

俺は考えた作戦をシルとルシェに伝え、そのまま探索を続けることにした。

「あっちに三体です」

今度は、ストーンマン、サンドマン、マッドマンの組み合わせだ。

シルの『鉄壁の乙女』で待機し、モンスターを近づけてからルシェが『破滅の獄炎』を放ちサンドマンとマッドマンを消失させることに成功した。

残りはストーンマンだ。

俺が『鉄壁の乙女』の効果が切れると同時に飛び出して、盾で受け止める。

『ガツン、ゴリッ』

強烈に硬《かた》い塊《かたまり》がぶつかってきた。

ううっ。重い……

必死で押し込まれるのを耐《た》えるが、レベルアップしたステータスをもってしてもかなりきつい。

それでもなんとか耐え、避《よ》けた瞬間シルに攻撃を指示する。

『神の雷撃』

『ズガガガガーン』

爆音《ばくおん》とともにシルの雷撃によりストーンマンは消失した。

それぞれ残された魔核《まかく》は親指の爪《つめ》程度の大きさだ。

多分一個千円以上にはなりそうだった。

しかし、この階層は結構きついな。

一回の戦闘《せんとう》でかなり体力を消費してしまった。

シル、ルシェの攻撃力《こうげきりょく》は全く問題なく通用しているが問題は俺だ。

単体であれば問題なく盾役をこなせそうだ。

問題は俺の体力だ。

いくらレベルアップしたとはいえ全身全霊《ぜんしんぜんれい》をかけて、モンスターを受け止めるので、正直滅茶苦茶《めちゃくちゃ》きつい。

短時間での連戦はかなりきついが、休みながらやっていくしかない。

シルとルシェに魔核《まかく》を与《あた》えながら、息を整えその場に座《すわ》り込んでしまった。

十分ほど小休憩《きゅうけい》をとって、次のモンスターを探す事にする。

「ご主人様、向こうに四体いるようです」

「よしっ。数が多いから慎重《しんちょう》に行くぞ。確実に一体ずつ狩っていくからな」

「はい、かしこまりました」

「ああ、わかった」

音を立てずに、モンスターのところまで辿《たど》り着《つ》くとそこにいたのは、ブロンズマン、ブラスマン、サンドマン、ストーンマンのオールスター四体だった。

ブロンズマンとブラスマンは今まで出たことのない、金属系のモンスターだ。

突然、普段《ふだん》そこまで勉強していない俺の頭が閃《ひらめ》いてしまった。

確か銅とかの金属って導体だから電気を通し易《やす》いよな。

もしかして地面に足がついてるからアース効果があるんじゃないか？

シルの『神の雷撃』って効くのか？
普段の俺ならあり得ないのだが、なぜかこの時に限って、物理的思考が頭をもたげた。
物理的思考が頭をもたげている最中にモンスター達に気づかれてしまったので慌てて、
シルに『鉄壁の乙女』をかけてもらう。
とりあえず、サンドマンとストーンマンをルシェの『破滅の獄炎』で消失させる。
少し余裕《よゆう》が出たので再び思考を開始する。
残りの金属系の一体はルシェに倒してもらうとして問題は残り一体のモンスターだ。
俺が盾役で突っ込んで、どうやってしとめる？
シルの『神の雷撃』を試してみるか？
いや、効かなかった時に隙《すき》が生まれて危険に晒《さら》されるかもしれない。
ルシェに『破滅の獄炎』を連発してもらうか。
だけど、これも三連発は試したことがない。
ルシエだし、ちょっと不安だ。
う〜ん。
あれを試してみるか？
いや、でもな〜。

俺が盾役しっかりやれば大丈夫《だいじょうぶ》か？

う～ん。

悩《なや》んではみたが、これが一番いいような気がする。

「シル、神槍《しんそう》で攻撃することってできるのか？」

「えっ？　どうしてですか？　もちろんできますよ」

「じゃあ俺が抑《おさ》えている間に槍での攻撃を頼むよ」

「はい、かしこまりました」

「ルシェはもう一体に『破滅の獄炎』頼む」

「ああ、わかった」

『鉄壁の乙女』の効果が切れる瞬間、俺はブロンズマンめがけて特攻《とっこう》した。

『グワ～ン！』

ストーンマンを受け止めた時以上の衝撃《しょうげき》が来た。押《お》し返《かえ》しながら

「シル、頼んだぞ」

「はい」

「我《わ》が敵を穿《うが》て、神槍ラジュネイト」

シルの聖句のような声が聞こえた途《と》端《たん》、俺の後方が発光した。

後ろなのでよく見えないが多分、シルの槍が光っている。

次の瞬間《しゅんかん》
『ドバガガーン』

目の前のブロンズマンが一瞬《いっしゅん》にして消失した。

「えっ!? あ〜。ま〜、そうなるよねっ」

シルだし、神槍だし、こうなっても何も不思議なことはないのだが、今までシルに神槍を使用させなかったのは、俺なりに理由がある。

シルが半神であるヴァルキリーとはいえ幼女。

前衛に立たせて戦わせるのには抵抗《ていこう》感があった。

そこには俺なりの騎士道《きしどう》精神のようなものがあった。

もちろん騎士などという高尚《こうしょう》なものではなく、ただのモブに過ぎないがモブなりの矜持《きょうじ》がある。

実際には守られてばかりなのだが、幼女は、俺が守るものと勝手に思っている。

前衛に立つのは、いつも俺でありたいと勝手に思っている。

そんな思いがあるので、神槍がすごいのはわかったが、出来る事なら今後も後衛でスキル中心に戦ってもらい、あまり前衛には立たせたくない。

「お腹《なか》が空きました」「腹減った」

いつものようにシルとルシェに魔核を渡《わた》して摂取《せっしゅ》させるが、なぜかシルが悲しそうにこちらを見てくる。

「どうしたんだ？」

「これだと足りません」

「え？　いつもと同じ数だけど」

「神槍を使用したので、いつもよりお腹が減りました」

「あの～シル、ちょっといいかな。神槍ってお腹減るの？」

「はい。神具ですから。使用するだけでもお腹は減りますよ」

「あ～そうなんだ。そうだよね。へ～っ。神具だもんな～」

…………やっぱりシルの燃費は異常に悪い。

とりあえずシルの神槍が十分に通用するのがわかったので、今度は『神の雷撃《らいげき》』が通用するか試してみたい。

『シル、今度金属系のモンスターにあったら、最初に『神の雷撃』を放ってみてくれるか」

「はい、かしこまりました」

その後もシルに感知してもらいモンスターを何組か倒したが、なかなか金属系のモンスターと遭遇《そうぐう》しない。

もしかしたら、金属系の個体数は他のモンスターに比べて少なめなのかもしれない。

俺でなければ、金属素材でもドロップするのかもしれない。

そんなことを考えながら、探索《たんさく》しているとようやく、ブロンズマンとサンドマンのペアに遭遇した。

「シル、頼んだぞ」

「はい、いきますね『神の雷撃』」

『ズガガガガーン』

「あっ」

ブロンズマンに轟音《ごうおん》と共に雷撃が命中した瞬間……

ブロンズマンは跡形もなく消えていた。

物理的法則とかは関係ないのか?

ないんだろうな。シルだもんな。

気がつくと、もう一体のサンドマンは、あっさりルシェが倒《たお》していた。

「シル。『神の雷撃』って金属系のモンスターにも効果あるんだな」

「はい。それはもちろん『神の雷撃』ですから」

「うん。あ〜。そうだよね〜『神の雷撃』だもんね〜」

真面目《まじめ》に考えていた俺がバカだった。

モブの浅い知識など、神の前にはなんの意味も無かった。

シルはやっぱりシルだった。

この瞬間、いままで通り、前衛は俺。

シルは後衛でスキルを使ってもらう事が決定した。

第六章 隠しダンジョン

今日も俺は五階層に潜《もぐ》っている。

探索者の目的は大きく分けて二つある。

ダンジョン内でモンスターを倒し、アイテムや魔核を手に入れる。

もう一つはダンジョンを、くまなく探索し、ダンジョンを踏破《とうは》する。

前者は金儲《かねもう》けの意味合いが強く、後者は名誉《めいよ》や、探求心を満たす意味合いが強い。

プロの探索者にはバランス良く両立している人達《たち》もいる。

俺は、心情的には後者を重視したい。

しかし、現実はそんなに甘《あま》くは無く、先立つ物がなければ、準備も出来ないし、探索を進める事もままならないので、スライムの魔核狩《まかくが》りは欠かせないライフワークだ。

五階層にも少し慣れてきて、ある程度戦い方が確立されてきた感じもする。

「シル、周辺にモンスターの気配はあるか？」

「いえ、すぐ近くにはいないようですが、ちょっと変です」

「変って何が？　まさか、俺のこと⁉」

「い、いえ違《ちが》います。あの突《つ》き当《あ》たりの壁《かべ》から妙な魔力《まりょく》を感じます」

「あ、ああ。壁ね。壁から魔力ってどういうことだ？」

急に変と言われて、咄嗟《とっさ》に自分の事かと思ってしまい若干《じゃっかん》ショックを受けてしまったが、俺の早とちりだったようなのでよかった。

「それがよくわからないんです」

「それじゃ、ちょっと調べてみるか」

俺は突き当たりの壁を恐《おそ》る恐る、観察してみた。

モンスターが潜《ひそ》んでいたり、擬態《ぎたい》しているとやばいので、タングステンロッドで、小突《こづ》いたり、落ちている小石を投げたりしてみたが特に変化はない。

思い切って近づいて触《さわ》ったり、押したりしてみたが、やはりただの壁だ。

「シル。特に変わった所は何もないな。ただの壁だぞ」

「いえ、やっぱり間違《まちが》いないです。この壁から魔力を感じます」

「ルシェ、お前はどうだ。何か感じるか？」

「わたしは、なんにも感じないけど。シルが言うなら間違いないいんじゃない」

「う〜ん」

俺は再度、隅《すみ》から隅まで探《さぐ》ってみたがやっぱりただの壁だ。仕掛《しか》けも無ければ、スイッチや隙間《すきま》もない。

アイテムが埋《う》まっているわけでも、モンスターが潜んでいるわけでもない。

「やっぱり、何もないいな。これ以上調べてもわからないな。そろそろ次に行くか」

「ご主人様。ここに絶対何かあります。できれば私に任せてもらえませんか?」

「それは別にいいけど、何もないぞ。どうするんだ?」

『神の雷撃』

『ズガガガガーン』

「えっ?　シル?」

なんとシルは壁に向かって突然『神の雷撃』をぶっ放した。

これ大丈夫か?　捕《つか》まったりしないよな。

それはそうと、シルは一体何を考えているのだろうか。

いきなり壁に『神の雷撃』ってやばい人だろ。まあ人ではないけど……

『神の雷撃』をぶっ放した壁の土煙《つちけむり》が晴れてきたので、じっと見てみるとそこには通路らしきものが現れていた。

これって……

「シル、ダンジョンの壁って穴を空けると、通路が現れるものなのか？」

「いえ、詳《くわ》しくはわかりませんが、通常は違うのではないでしょうか？」

「そうだよな」

「これ、隠し通路でしょ。それしかないでしょ！」

ルシェがちょっと興味津々《きょうみしんしん》という感じで騒《さわ》いでいる。

隠し通路か。

そうだよな。これが噂《うわさ》の隠し通路だよな。それしかないよな。

ダンジョンには未踏破《みとうは》エリアがある。まだ見ぬ深層エリアもそうだが、稀《まれ》に隠し通路や隠し穴といったものがあり、全《すべ》てが見つかっているわけではなく、偶然《ぐうぜん》に発見される場合が多い。

しかし、今回の隠し通路の場合、壁に魔力が感じられるって、普通の探索者には分かるはずもない。

おまけに普通の壁が立ちはだかっている。俺《おれ》がいくら調べても普通の壁だった。

シルだから一発で破壊《はかい》できたが、通常の探索者ではこうはいかない。

電動工具を持ち込んで時間をかければ穴を空けることはできるかもしれないが、確信を持てない状態で、そこまでの労力をかける探索者は稀だろう。

正直、隠し通路とはいえ隠しすぎだろ。

かくし通路というより、もはやただの壁だ。

だから今まで誰にも手をつけられる事なく残っていたのだろう。

俺は隠し通路の前で、これからどうすべきか考えている。

選択肢《せんたくし》は三つだろう。

1……このまま戻《もど》ってギルドに報告して、後日挑戦する。

2……無かったことにしてこのまま立ち去る。

3……準備も予備知識もないがこのまま隠し通路を探索する。

当然2の選択肢はないが1と3は悩みどころだ。

普通《ふつう》であれば1が望ましいのはわかる。わかるが、隠し通路の先が気になる。

お宝が眠《ねむ》っている可能性もある。

しかし、完全に未知の領域だ。何が起こるかわからない。俺達《おれたち》で対処できるか疑わしい。

「う～ん。どうしようか。シル、ルシェどう思う？」

「ご主人様の思うようにすればいいと思います。三人なら何があっても大丈夫ですよ」

「あ～。せっかく見つけたのにもったいないだろ。なに悩んでんだよ。悩む必要ないだろ」

「そうだよな。よし、決めた。進もう」

結局俺は進むことにした。先が見たいという好奇心《こうきしん》に勝てなかった。

「ここからは何があるかわからないから、慎重に行くぞ。シルもモンスターがいたらすぐ知らせてくれ。ルシェも自分の判断で先制攻撃してもいいからな」

「はい、かしこまりました。大丈夫です」

「わかった、即《そく》ぶっ放してやるよ」

俺は、通路を進んでいったが、ただの一本道ではなく、そこにはダンジョンが存在していた。

ここは隠し通路ではなく隠しダンジョンだったようだ。

おそらく、そこまで広くはないのだと思うが、用心しながら探索を開始する。

歩いているとシルが
「ご主人様、そこの床《ゆか》がちょっと変です」

ちょっと見、何の変哲《へんてつ》も無い床だが……

シルが言うのなら多分そうなんだろう。

俺は、小石を投げてみたが、変化がない。今度はタングステンロッドの先で床を叩《たた》きながら進む。

『ズザザザ～』

「うおっ！」

タングステンロッドでたたいた床の一部が崩《くず》れ、蟻地獄《ありじごく》のように砂が流れていっている。

「これはやばいな。シル、この先おかしなところがあったらすぐ言ってくれ。ルシェもシルより先行しないよう注意して進んでくれ」

おそらく砂にはまると、抜《ぬ》け出《だ》せなかっただろう。

通常のダンジョンと明らかに違う。今までモンスターは出現したが、トラップが出現したのは初めてだった。

先程《さきほど》の床もシルがいなかったら、危なかった。

残念ながら、罠《わな》看破のような便利なスキルは誰《だれ》も持ち合わせていない。

ここからはシル頼《だの》みで進むしかないな。

その後も慎重に探索を進めて行く。

「向こうにモンスターが三体います」

隠しダンジョン内での初出現のモンスターを確認《かくにん》すると、そこにいたのは、

なんと……

真っ赤な『Gちゃん』が二匹《ひき》と真っ黄色のブロンズマンだった。

どちらも強烈《きょうれつ》な原色カラーで本来のグロテスク感がさらに増しサイズも一回り以上大き

い気がする。

「キャ～！　ちょっと目が痛いです。気持ち悪いです」

「目が腐《くさ》る！　気色悪い色だな！　無理無理」

シルとルシェが騒ぎ出した。

「今までと同じで行くぞ」

「気持ち悪いです。今までより全然ひどいです。無理です！」

「同じじゃない。あの色とサイズ見てわかんないのか？　バカかバカなのか？」

シルとルシェが騒いでいるが、スルーして指示を出す。

「シルは『鉄壁の乙女』を頼《たの》む。俺が赤い方を担当するから、ルシェは黄色い方を頼むな」

俺はそのまま『鉄壁の乙女』の効果範囲内《はんいない》から殺虫剤《さっちゅうざい》ブレスを噴射《ふんしゃ》する。

いつもの『Gちゃん』ならこれでしとめ切れることも多いのだが、一回り以上大きいせいか、生命力が強化されているようでなかなか倒せない。一匹に手こずっている間にもう一匹に距離《きょり》を取られてしまった。

とりあえず一匹は放っておいて今戦っている方に集中して追撃《ついげき》を続ける。

殺虫剤ブレスを二本持ちのダブルブレスにして更《さら》に浴びせかけたところで、ようやく消失した。

気になってルシェの方に目をやると、俺の横でルシェが黄色の方になんと『侵食《しんしょく》の息吹《いぶき》』を使用していた。

気持ち悪いからか、動転したのか、指示を待たずしての使用となったが実戦ではゴブリンで試して以来の使用だった。

『グジュル、ジュル』

ブロンズマンに思考能力がないのか、狂《くる》ったようなそぶりはなかったが、気持ち悪い感じに溶《と》けて消失した。

生物系以外にも問題なく効くようだが、やはりあんまり気持ちの良いスキルではない。

残った一匹を追いかけて俺が飛び出す。

羊ほどもある体躯《たいく》だが、かなり素早《すばや》い。

猛然《もうぜん》と逃《に》げ回《まわ》るのを予測して、先回りして殺虫剤ブレスを射出する。

殺虫剤ブレスを真っ赤なボディに浴びると、さらに激しく逃げ始めた。

間違っても、ぶつかられないように、注意に注意を重ねながら追い詰《つ》めていった。

徐々《じょじょ》に範囲《はんい》を狭《せば》めて追い詰めていき最後、ダブルブレスを目いっぱい吹《ふ》きかけると同時に消失した。

二匹との戦闘で殺虫剤二缶《かん》をほぼ使い切ってしまった……

残った魔核は今まで最大で五円硬貨《こうか》ぐらいの大きさがあった。

おそらく一個千五百円はいくだろう。

でも……

シルとルシェの分を引くと、ほとんどゼロかもしれない。

どうせならドロップアイテム出ないかな……

原色カラーのモンスターを倒した俺達は隠しダンジョンを奥に進んでいる。

途中《とちゅう》何体かのモンスターと遭遇して撃退《げきたい》したが、どうやらこのダンジョンに出現するモンスターは、今までに遭遇したモンスターの亜種《あしゅ》。亜種といっても激しい色と一回り以上大きい躯体で、精神的にも肉体的にもかなり負担がかかる戦いを強《し》いられている。

幸いにもトラップらしきものは、蟻地獄のような床以来、特になさそうだ。

最初だけだったのかなと思いながらも慎重に歩みを進めていると、

『カチッ』

と足元から不吉《ふきつ》な音がした。

ビクッとして瞬間的《しゅんかんてき》に音がする方を見るとルシェがスイッチらしきものを踏んでいた。

やばい。

「ルシェっ⁉」

やばいと感じルシェに向かって声をかけた瞬間

『シュッ』

「あっ……」

風切り音と共に矢が飛んできて、ささってしまった。

なぜか、スイッチを踏んでしまったルシェではなく　俺に。

それも二本も。

「う、ううっ。いってー!!　ぐうぅ。ううぅ。ゲホッ、ゲホッ」

信じられないほどの痛みが襲《おそ》ってきたが実際にはささりはしなかった。

おっさんに勧《すす》めてもらったカーボンナノチューブのスーツが矢を防いでくれた。

ささりはしなかったが死ぬほど痛い。

一本は胸の付近に命中してしまい、息が出来ない。

死んでないって素晴《すば》らしい。

でも死ぬほど痛いし、苦しい。

涙《なみだ》が溢《あふ》れてくる。

『男子涙を見せるな』という言葉があるが、男子だって人間なんだ。

痛かったら涙も出る。

我慢《がまん》のしようがない痛みだった。

うずくまって痛みを我慢しているとシルとルシェが
「ご主人様大丈夫ですか？　死なないですよね!?　どうすればいいですか？　ああ、ルシェどうしよう」

「お、おい。大丈夫か？　わたしは悪くないぞ。悪くない。スイッチが悪いんだ。大丈夫だよな。死ぬなよ。死んだら地獄《じごく》に落ちるぞ」

「た、たぶん大丈夫だ。ううっ」

二人があたふた焦っている感じが伝わってくる。二人がこんなに切羽詰《せっぱつ》まった感じになるのは初めてだなと、痛みに耐えながら少し冷静に考えていた。

しかし、ルシェが最後の方に不穏《ふおん》なことを言っていた気がする。

俺って死んだら地獄行き確定なのか？

それは嫌《いや》だ……

それから五分ぐらい経《た》ってようやく動けるようになってきた。

体を確認するが、痛みはまだ残っている。もしかしたら胸骨あたりにヒビでも入っているかもしれない。

ただ今回はラッキーだった。頭に当たっていれば即死《そくし》だっただろう。

最近、シルやルシェのおかげで、死の恐怖《きょうふ》は少し遠のいていたが、やっぱりそんな甘いもんじゃ無かった。

気を抜いていたわけじゃない。

でも突然《とつぜん》矢が飛んできたら避ける事ができなかった。

もちろん原因は、ルシェがトラップにはまったからなのだが、やってしまったものは仕方がない。

「ごめんなさい」

「えっ!?」

なんとルシェが謝《あやま》ってきた。小さな小さな声だが確かに聞こえた。

一瞬自分の耳を疑ってしまった。

まあ、死にかけたのだから、謝罪ぐらいあってもおかしくはない。おかしくは……

「まあ誰でも一度くらいは失敗するもんだ。これからは気をつけてくれよ」

「あぁ。わかったよ」

今回の事で慎重になった俺は、痛みはあるものの一個しかない低級ポーションは念《ねん》の為《ため》、残しておく事にした。

そのまま歩き始めてしばらくすると、また先程と同じような

『カチッ』

という音がした。

まさか……という思いで後ろを見ると、そこには固まったルシェがいた。

また、お前か。

今度は避けねばと本能的に横に飛び込んだ。

飛び込んだ先に丁度、水たまりがあり着地した瞬間
「アババババ!!」

電気伝導率の高いナノカーボンチューブ製のスーツを着用した俺に、強烈な電気刺激《しげき》がやってきた。

瞬間的に強烈な痛みと衝撃が襲ってきた。

昔、電気風呂《ぶろ》というのに入ったことがあるが、全くの別物だ。

感覚的にはあれを百倍にも千倍にもしたような感覚だ。

今までに感じたことのない衝撃に俺の視界は暗転してしまった。


私の名前はシルフィー。

ご主人様である海斗《かいと》様に召喚《しょうかん》されたヴァルキリーでサーバント。

サーバントにはご主人様を選ぶ権利はないけれど、私がご主人様に召喚されたのは運命だと思います。

初めてお会いした時のご主人様は、レベルの初期化によって幼い風貌《ふうぼう》となってしまった私に失望した様に見えたので、かなりショックを受けました。

ただその後はいつも気遣《きづか》ってくれているのがわかりました。

「やっぱりシルフィーと一緒《いっしょ》が一番だな。シルの事が一番大事だからな」

ご主人様のかけてくれた言葉に感激してしまいました。

この時、私はご主人様のために頑張《がんば》りたいと心の底から思いました。

その後のご主人様の立ち居振《ふ》る舞《ま》いを見ていると、もう少し成長した大人の女性が好みの様なので、一刻も早く成長してお眼鏡に叶《かな》う存在になりたいと思っています。

モンスターとの戦闘ではご主人様は本当に勇敢《ゆうかん》です。

当初ゴブリンに対してかなりの忌避《きひ》感を持たれていましたが、対峙《たいじ》した途端別人になったかの様に勇敢に戦われ、見事打ち破られたそのお姿に感動してしまいました。

その瞬間、言い過ぎかもしれませんが、未来の英雄《えいゆう》のお姿を重ね見てしまいました。

ただ、ご主人様は戦闘での勇敢さとは裏腹に、あまり女性に慣れていないのか、私ともそれ程《ほど》お話をしてくれません。

気遣いしてくれているのはわかるけれど、もっといろんなお話がしたいです。

私はサーバントなので戦闘中心のお話になるのは仕方がないけれど、出来ればご主人様の幼少の頃《ころ》のお話や好きな食べ物や女性の好みなんかも聞いてみたいです。

私の好物は以前一度だけご主人様から頂いた、光るスケルトンが残した赤い魔核です。

普段の魔核とは全く違う深い味わいでした。またご主人様から是非《ぜひ》頂きたいと思います。

最近になって子爵《ししやく》級悪魔《あくま》のルシェリアが仲間となりましたが、当初は口も悪くて態度も悪いので仲良く出来るとはとても思えませんでした。

特にご主人様への無礼な振る舞いは許し難《がた》いものがあり、本気で殲滅《せんめつ》する事も考えました。

でも一緒に過ごす時間が増えるにつれて、この態度がルシェの不器用な愛情表現である事に気がつきました。

それと同時にルシェが本当は極度の寂《さみ》しがり屋《や》である事もわかってしまいました。

それからはお姉さんである私から積極的に話しかけて今では本当の姉妹の様な関係を築くことが出来ました。

時にはルシェにやきもちを焼いてしまった事もあるけれど、それ以来三人で楽しく順調にダンジョンの探索を進める事が出来ています。

今日は隠しダンジョンを発見して三人で順調に探索することができていましたが、途中で大きな問題が発生してしまいました。

今までのダンジョンにはなかったトラップが仕掛けられていたのです。

一度目はルシェがうっかりスイッチを踏《ふ》んでしまい、なぜかルシェではなくご主人様に矢が刺《さ》さってしまいました。

本当に痛そうにされていましたが、優《やさ》しいご主人様はルシェの事を許してあげていました。

ただ、うっかりやさんのルシェがすぐに二度目もスイッチを踏んでしまいました。

その瞬間ご主人様は罠を避《よ》けようと横に飛びのきましたが、運悪く着地した瞬間、電流トラップにはまってしまいました。

私は後ろから見ていたのですが、着地した瞬間にご主人様から火花が散って、髪《かみ》の毛《け》は逆立ち、全身が硬直《こうちょく》してしまい、そのまま倒れてしまいました。

あまりの出来事に心臓が止まりそうになり、ショックで私も一瞬動けなくなってしまいましたが、すぐに気を取り直してご主人様に声をかけました。

「ご主人様、大丈夫ですか？　しっかりしてください！」

ルシェも最初はあたふたしていましたが、すぐに駆《か》け寄《よ》って来て

「おいしっかりしろよ。電流ぐらいで気を失うんじゃないぞ。たぬき寝入りするんじゃない！」

二人でご主人様に声をかけましたが、なんの反応もありませんでした。

ご主人様を見ると、顔に電流で焼《や》け爛《ただ》れた跡《あと》があり、見えないけれどスーツの下にも火傷《やけど》が出来ている事は想像出来ました。

「ご主人様、シルがついています。すぐに良くなりますから安心してください」

「おい、こんな火傷ぐらいなんでもないだろ。頼むから起きてくれよ。なあって」

やはり呼《よ》び掛《か》けても反応がありませんでした。

「シルどうしよう。わたしが、わたしがやっちゃった。ううっ。どうしよう」

「ルシェ落ち着きなさい。焦《あせ》っても何も解決しませんよ。やってしまった事はもう仕方がありません。きっと優しいご主人様の事です。許してくれると思いますよ。今はどうにかしてお助けしなければなりません」

「シルそんなこと言ったって回復系のスキルないだろ？」

「それは、ありませんが……」

「やっぱりダメじゃないか。どんどん弱っていってるぞ。このまま死んじゃうんじゃないか？　わたしのせいだ。死んで地獄に行くんだ。ううっ、うぇぇえ～ん！」

「ルシェ泣いても仕方がありません。何かありませんが？　ご主人様のリュックを探してみて」

「こんな汚《きたな》いリュック見ても仕方がないだろ」

「ルシェ、ご主人様の事です。もしもの時のために回復アイテムの一つや二つ用意されていたとしても不思議ではありません」

「わかったよ。探してみる。えっと殺虫剤に、殺虫剤に、殺虫剤。いったい殺虫剤ばっかり何本持ってるんだ。他の物は無いのか？　これは……変な缶詰《かんづめ》か。本当になんにも入ってないぞ。いや、まって。これってポーション？　なんかちゃちい感じの奴《やつ》だけど、これってポーションじゃないか？」

「ルシェお手柄《てがら》です。その瓶《びん》は間違いなく低級ポーションです。それさえ飲ませればきっと回復されます」

「シル、でもこれ低級なんだろ。大丈夫かな。助かるかな。死んじゃわないかな。ううっ、うぇえ〜ん。わたしのせいで死んじゃう。死んだら地獄で絶対見つけてやるからな。うぇええ〜ん」

「ルシェ、不吉な事を言うものではありません。ご主人様は絶対に助けます」

「し〜る〜。本当に助かるんだな〜。こいつ本当に助かるんだな〜。ううっ」

「ご主人様は、かなりの重症《じゅうしょう》です。ルシェが邪魔《じゃま》をするとそれだけ厳しくなります。早くポーションを飲ませますよ」

　私はルシェから低級ポーションを受け取ってご主人様に使おうと思いましたが、怪我《けが》が広範囲《こうはんい》に広がっているので外からふりかけるのではなく、飲み干して頂く必要があると思いました。

「ご主人様、低級ポーションです。これをお飲みになってください。ご主人様！　聞こえていますか？」

「おい、しっかりしてくれよ。目を覚ましてくれよ。うぇえええ〜ん」

　ルシェと二人で呼びかけましたがご主人様は全く反応してくれませんでした。見ていると刻一刻と衰弱《すいじゃく》しているように見えました。もう猶予《ゆうよ》はありません。これしかない。そう覚悟《かくご》を決めて、ポーションを私の口に含《ふく》んでから口移しでご主人様に飲ませることにしました。

「なっ！　シル……」

「ルシェ、躊躇《ちゅうちょ》している場合ではありません。あくまでもこれは治療《ちりょう》の為です。ご主人様が回復されなくてもいいのですか？」

「いやそれは困るけど……」

「ん、んんっ」

「ご主人様、しっかりしてください。シルがついていています」

「一応わたしも心配してるんだぞ。おい」

「お願いです！　目を覚ましてください」

「さっさと目を覚まさないと地獄行きだぞ！」

「う、ううっ」

「ご主人様！」

「おおっ！」

「シル、ルシェ、俺《おれ》は……」

「ああっ。ご主人様よかった。もうダメかと思いました」

「ああ、地獄に落ちたのかと思ったら、戻ってこれたのか。よかったな」

「ルシェったら、そんなことばっかり言って。さっきまで泣いて大変だったじゃない」

「シル！　なに言ってるんだ。そんなことあるわけないだろ」


ああっ。本当に良かった。ご主人様の容態が悪化するのを感じて、本当はどうしていいかわからなかった。でも取り乱したりしたらルシェもパニックになると思って必死で介抱《かいほう》

していました。介抱のかいがあってご主人様が目を覚ましてくれて本当によかった。

これからもシルはご主人様のために頑張りますね。一応ルシェもご主人様の事が大好きのようなので、これからも二人でご主人様のことをお支えしたいと思っています。


どのぐらい時間が経ったかわからない。

俺は夢を見ていた。

ルシェに連れられて地獄に来ている夢だ。

まさに悪夢だ。

「……さま」

「……おい」

「……さまして」

「……ごく行きだぞ」

遠くでシルとルシェの声がする。やっぱりルシェが地獄行きだと言っている。

俺はもう地獄にいるよと思いながら、少しずつ意識が覚醒《かくせい》する。

「う、ううっ」

「ご主人様！」

「おおっ!!」

「シル、ルシェ、俺は……」

「ああっ。ご主人様よかった。もうダメかと思いました」

「ああ、地獄に落ちたのかと思ったら戻ってきたのか。よかったな」

「ルシェったら、そんなことばっかり言って。さっきまで泣いて大変だったじゃない」

「シル！　なに言ってるんだよ。そんなことあるわけないだろ」

二人のやりとりを聴《き》きながら、ようやく頭がはっきりしてきた。

俺は……

そういえばトラップに、はまったんだった。電撃《でんげき》をくらって意識が無くなったんだった。

俺は慌《あわ》てて自分の体を確認する。

特に変わったところはない。とっさに髪の毛も触って確認するが普通だ。

いや、変わったところがないのがおかしい。

その前に受けたトラップのダメージもほとんど無くなっている。

胸の痛みも無い。

これは……

俺は、まだ夢の中なのか？

いやでもこれは現実だよな。

「シル、俺はどうして無傷なんだ？　意識がない間に何があった？」

「はい。ご主人様は電撃のトラップにはまってしまって、意識を失いました。慌てて確認したのですが、火傷を負われて、意識は戻らないし、心音も弱くなってきたので、勝手にご主人様の持っていた低級ポーションを使用しました」

ああ、そういう事か。

俺はトラップにはまって、重傷を受けた。それをシルがポーションを使って治してくれたらしい。

「よくやってくれた。本当に助かったよ、シルありがとう」

「いえ。ご無事でよかったです」

低級ポーションってすげ〜。

低級でこの効果、すげ〜。

低級で十万円もするだけある。

命の恩人、低級ポーション。

探索《たんさく》のお供に低級ポーション。

言葉では言い尽《つ》くせない感動がある。

初めて使用したが、こんなに効果があるとは思わなかった。

正直低級と侮《あなど》っていた。何かの時のお守りがわりに買ったのだが、お守りどころではなかった。正にプライスレスの価値があった。

一緒に買いに行ってくれた葛城《かつらぎ》さんにもありがとう。

人知れず感動した後、俺は少し冷静になってきた。

たしか俺がトラップに、はまったのって……

ルシェだ！　二回共、あいつのせいだ。あいつがトラップのスイッチを「カチッ」と二回も踏んだからだ。

「ル～シェ。ちょっといいか」

「えっ。なんだよ」

「なんだよじゃないよね。ちょっと口のききかたに問題があるんじゃないかな」

「え？」

「一回目は仕方ないって言ったけど、二回目も仕方がないとは言えないよな？」

「そ、それは。スイッチが悪いんだよ。わたしの足の下になんかあるから……」

「ル～シェ！　わかってるよね」

「い、いや。ちょっと電撃ぐらいであんなにダメージ負うと思わなかったし」

「る～しぇ⁉」

「ああ」

「ああ？」

「い、いや。はい……」

「なんか言う事ないの？」

「はい……ごめんなさい」

「ごめんですむの？」

「ごめんなさい。もうしません」

「もうしないって言っても、一回目の時もわかったって言ってたよな」

「う……」

「今のままじゃ怖《こわ》くて歩けないから、このフロアでは、移動中はカードに戻ってもらう」

「え～っ⁉」

「え～じゃない。それともう一つ。今後はもう少し俺への態度を優しくする事。この二つができるんだったら、今回の件は忘れてもいいけど」

「う～。わかったよ」

「わかったよ⁉」

「い、いや、わかりました」

さすがに俺も三回目は無理なので、有無《うむ》を言わさず、そのままルシェをカードに戻す。

今まで甘《あま》やかしてきたが、今後もルシェには教育的指導が必要かもしれない。

低級ポーションは使ってしまったのでもう無い。

普通に考えると、慎重《しんちょう》に来た道を撤退《てったい》するのが正解だろう。

だがしかし
「ご主人様、少し先にモンスター三体の反応があります。ちょっと今までと感じが違《ちが》います。」

シルがこんな事を言うものだから、迷ってしまった。

あと三匹ぐらい大丈夫《だいじょうぶ》だろう。ちょっと感じが違うっていうのも気になる。

好奇心に負けて、俺は進んでしまった。

「よし。この三体を倒《たお》したら撤退するぞ。最後頑張っていこうか」

「はい。かしこまりました」

シルの指示する方向に進んでいくと、突《つ》き当《あた》りにはなんと扉《とびら》があった。ここ迄《まで》で初扉だ。

なにか胸騒《むなさわ》ぎはするものの、ここまで来た探索者であれば、扉があって開けないという事はありえない。

俺は思い切って、少しずつ開けてみることにした。

クッと力を入れて押《お》してみる。

あれ？

開かない。

今度は引いてみるがやっぱり開かない。

横方向に力を加えてもスライドドアというオチもなく開かない。

よく見ると鍵穴《かぎあな》がある。どこかで鍵《かぎ》を手に入れないと開かないようだ。もちろん俺は持っていないのでどうしようもない。

「シル、残念だけど鍵がないから無理っぽい」

「大丈夫ですご主人様、私にまかせておいてください」

「え？」

『神の雷撃《らいげき》』

『ズガガガーン』

「あっ⁉」

またシルがやってしまった。

壁《かべ》の時と同じく有無を言わせず、一発かましてしまった。

扉を見ると、跡形《あとかた》もなく消し飛んでしまっている。

結果オーライなのかもしれないが、当初の予定していた隙間《すきま》から中を覗《のぞ》き見《み》るプランはあっさりと崩壊《ほうかい》してしまった。

全開の入り口を見るとそこには、見た事もない超大型《ちょうおおがた》スライムと白熊《しろくま》ぐらいの大きさの鬼《おに》が二体身構えていた。

鬼はおそらくオーガと呼ばれるモンスターだと思われるが、なんかうっすらと光っている上に俺の知識にあるオーガよりも明らかに大きい。

スライムも見たことがない種類のスライムだったが大きさがおかしい。

下手するとオーガよりも大きい。

なんかどちらもボス感が半端《はんぱ》ない。

やばい感じもかなりするが、既《すで》にオーガの方と目がバッチリ合ってしまっているので今《いま》更《さら》に逃げ出すのは無理だろう。

俺は急いでルシェを召喚する。

「ようやく出番か～？」

「いきなりで悪いが、なんかボスっぽい」

「え？　まあいいけど、なんでそんなのがいるんだよ？」

「まあ、シルがちょっと、な」

「とにかく、シル、ルシェ、中に入った瞬間《しゅんかん》、全員でオーガに先制攻撃《こうげき》かますぞ」

「はい」「うん」

俺たちは部屋の中に走って入りシルとルシェが
『破滅《はめつ》の獄炎《ごくえん》』

『神の雷撃』

を発動して、俺はピストルボウガンを連射した。

爆音《ばくおん》と共に土煙《つちけむり》が舞い、収まるといつものように敵が消失して……

いなかった。しっかり顕在《けんざい》していた。

「なっ⁉」

どういう事だ？　二人のスキルが効いてない⁉

よく見ると、それぞれ火傷したような痕《あと》は見られるので全くのノーダメージではないようだが、致命傷《ちめいしょう》には程遠《ほどとお》い。

通常のオーガに二人の攻撃を耐《た》えきることができるとは思えない。

となると考えられるのは、あのうっすらと光った感じ。スキル無効化もしくはスキル耐《たい》性《せい》アップの魔法《まほう》か何かがかかっているのではないか？

そうだとすればどうすればいい？

雷撃と獄炎は、ほぼ無効化されている。

全《すべ》てのスキルが無効化される可能性は有るが、別のスキルが有効の可能性もある。

急いでシルに指示をあたえる。

「シルすぐに『鉄壁《てっぺき》の乙女《おとめ》』を頼む」

「かしこまりました『鉄壁の乙女』」

さすがに『鉄壁の乙女』まで無効化されるとやばいと思ったが、攻撃してきたオーガが、効果範囲である光のサークルを突破《とっぱ》してくることはなかった。

俺は、この事で少し冷静になる事が出来た。

やはり全てのスキルを無効化するわけではない。

ほかのスキルであれば、どれかが通用する可能性があるという事だ。

今までに無い展開に最初は焦ったが、今は不思議な程冷静に考える事ができている。

今までの成長を見せる時が来た。

この時俺はそう感じていた。

『鉄壁の乙女』の効果範囲の内で瞬時《しゅんじ》に指示を出す。

「ルシェ、右側のオーガに『侵食の息吹』を頼む」

そう言いながら俺はオーガに向かってボウガンを連射。

「ギャウワー！　グウギャワー！」

矢はしっかりオーガの身体にささっている。どうやら物理攻撃は有効のようだが、残念ながら致命傷とはまだなっていないようだ。

的が大きいので当てるのは容易だが、とにかくデカくて筋肉の塊《かたまり》のようだ。ささっても奥《おく》まで突き抜《ぬ》けてはいない。

更に追撃で五連射をかけるが、確実に効いている。

もう一方のオーガは

「グギャー！　ウギュルエー、グゥワアー⁉」

かなり怒《いか》り狂ったような声を上げている。『侵食の息吹』の効果があるにはあるようだが、こちらも、かなりレジストされているようで、本来の効果を発揮できてはいない。

この時点で、もはやルシェは攻撃要員としては機能しないのが確定してしまった。

後、可能性があるのは俺自身とシルの神槍《しんそう》ラジュネイトだ。

俺の物理攻撃が効いているので、おそらくシルの神槍なら倒せる。

しかし、シル一人でオーガ二体を同時には相手にできないし、たとえ一体だとしても発動まで俺が盾役《たて》をこなさなければならない。

それは、つまりどちらか一体は俺が倒さないといけないという事だ。

考えを瞬時に整理して再度、ボウガンを連射して急所を狙《ねら》う。

次々に矢は刺さっていき、かなりダメージを蓄積《ちくせき》させたように見えるが
「まずいな……」

ボウガンの矢は普段《ふだん》二十本持ち歩いているが既に十五本目まで射出してしまっている。

残り五本で確実に倒さなければならないと思い、急所であるオーガの頭を狙って連射する。

オーガの太い腕《うで》で防がれながらも
「グゥギャー！」

一本の矢がオーガの右目に命中した。

「やったか？」

相当ダメージがあるのは間違《まち》いないが、まだ消失には至らない。

「やばい……」

ついに矢のストックが切れてしまった。

この巨躯《きょく》相手にタングステンロッドで肉弾戦《にくだんせん》はきつい。というより無理だろう。

となると、もう俺に残された攻撃手段は『ウォーターボール』しかない。

ばす。

そもそも効果があるかはわからないが、俺の『ウォータボール』は物理的に氷の玉をとばす。

単純な物理攻撃に近い。おそらく可能性はある。

現在の俺のＭＰは27なのでおよそ六発分だ。

この六発に全てをかける。

『ウォーターボール』

オーガの頭を狙って放つ。

『ドガッ！』

俺が魔法を使うと思っていなかったのか、ボウガンとは違うスピードで向かってくる氷に反応が遅《おく》れ、頭に直撃《ちょくげき》して、オーガの頭が大きくのけ反った。

「いける！」

あれほどの耐性をシルとルシェのスキルには発揮したが、俺のウォーターボールは、もろにダメージが通っている。

続けて二発を放つ。

「倒れろ！　『ウォーターボール』『ウォーターボール』」

『ガンッ　ドガッ！』

確実に効いている。完全にグロッキー状態だがまだ消失に至らない。

単純に威力《いりょく》が足りない。

あと三発……

「やるしかないっ！」

『ウォーターボール』の特訓を思い出せ。大きさは変えられなかったが、形は変えられた。

それならこの氷玉も元は水玉。

形を変えられるはずだ。

水の時は形を変えても大した意味はなかったが、氷になった今なら……

咄嗟《とっさ》に俺は、

『ウォーターボール』を唱え、形をイメージする。

イメージするのは鋭利《えいり》な槍の穂先《ほさき》。

先端《せんたん》を極限まで鋭利に尖《とが》らせ放つ。

『グサッ！』

氷の槍は見事にオーガの頭にささった。

間髪《かんはつ》を容《い》れずに二発目を放つ。

『グサッ！』

今度もうまくささった。

二本目の氷の槍がささったと同時にオーガがようやく消滅《しょうめつ》した。

やった！

やってやった！

ついに俺がオーガを倒した。

俺史上最高の偉業《いぎょう》を達成してしまった。

喜びで飛《と》び跳《は》ねたくなる衝動《しょうどう》を抑《おさ》えてもう一体のオーガを見る。

「グヤyジュヤー　ウgヤグrゥアー　グゥアー」

先程《さきほど》よりも、精神錯乱《さくらん》は進んでいるようだが、寧《む》ろ凶暴性《きょうぼうせい》が増しているようにも見える。

いずれにしてもこのままでは消失するよりも先に『鉄壁の乙女』の効果が切れる。

俺は疲労《ひろう》感を大量のアドレナリンで消し去り、覚悟を決めて二匹《ひき》目に向かっていく。

俺は二体目のオーガに向かって全速力で突進《とっしん》し、盾を持ったまま突撃《とつげき》した。

『ドガッツ！』

さすがにゴブリンとはわけが違う。

この圧力では長時間は持たない。

「シル、神槍を使用してくれ。それまで俺が引きつける。ルシェは、あっちのでかいスライムに『破滅の獄炎』を頼《たの》む」

指示を出しながら俺は、最後の『ウォーターボール』を詠唱《えいしょう》する。

残念ながら一撃《いちげき》で仕留める自信はないので、少しでも動きを阻害《そがい》する為、右足を狙って槍の穂先状の氷を射出する。それと同時に拘束《こうそく》感が襲《おそ》ってくるが、すぐに着弾《ちゃくだん》したので、一瞬《いっしゅん》で解ける。

『グシュッ』

「グギャーッ！」

近距離《きんきょり》からの攻撃なので確実に命中させることができた。

もう俺には何の攻撃手段も残されていない。スッカラカンになってしまったが十分に役目は果たした。

「我《わ》が敵を穿《うが》て、神槍ラジュネイト」

シルが射程に入り、神槍を発動した。

『ドバガガガーン』

その瞬間、あれほど倒すのに苦労したオーガが一瞬にして消失していた。

「ははっ」

やっぱりシルは凄《すご》かった。

残るは巨大《きよだい》スライムだが、見るとルシェが『破滅の獄炎』を発動していたものの、なぜかスライムは消失していなかった。

「こいつもか⁉」

こいつもスキルが効かないようだ。

だとすれば、シルの神槍しかないな。

「シル　俺が足止めしている間に、あのデカいのにも神槍を頼む」

「わかりました」

俺は再度盾《たて》を構え直して、スライムへと向かう。

相対すると、とにかくデカイ。たかがスライム。とはいえこの大きさは……

盾を構えながら近づいて、接触《せつしよく》した瞬間
『ジュッ、ジュオ〜』

「へっ？」

凄い音を立てて、盾が溶《と》けていく。

やばい。このスライム強酸か何かでできているのか？

まともに触《ふ》れたら死ぬ。

まじで死ぬ。

俺は溶けかけの盾をそのまま投げつけ、横に飛び退《の》いた。

「我が敵を穿て、神槍ラジュネイト」

再度、発光とともに神槍が炸裂《さくれつ》。

『ズバガガガーン』

衝撃《しょうげき》と共にスライムは消失して……

いなかった。

たしかに一部は吹《ふ》き飛んだ。しかしデカすぎるのか、すぐ別の部位で補完して少し小さくなったものの元の状態を保っている。

「マジか……」

残念ながらシルの神槍の効果は限定的だった。このまま連発することも考えたが、強酸の恐怖《きょうふ》もある。

ハイコストの為《ため》MPの残量も気になる。

もうあれしかないのか⁉

俺に残された対スライムの最終手段を発動させるべく
「シル、スライムとの間に『鉄壁の乙女』を張ってくれ」

「はい、かしこまりました『鉄壁の乙女』」

俺は強酸を恐《おそ》れて『鉄壁の乙女』の効果範囲《はんい》から必殺の殺虫剤《さっちゅうざい》ブレスをダブル噴射《ふんしゃ》した。

スキル『スライムスレイヤー』で補正された必殺殺虫剤ブレスだ。いくらでかくてもスライムに効かないはずがない。

まず手元の二本使い切ってしまった。すかさずスペアに持《も》ち替《か》えて射出を続ける。持ち替えた二本も使い切り、手持ちの最後の一本を使用する。

『ブシューシュー！』

この一本に俺の全てをかける。

「おおおお～！」

気合いの雄叫《おたけ》びと共に殺虫剤ブレスを全て射出し終わった。

目の前の巨大なスライムをよく見ると明滅《めいめつ》し始め、ゆっくりと消失した。

やった。

この瞬間スライムスレイヤーの俺はビッグスライムスレイヤーへと進化した。

ギリギリだった。

ＭＰも装備も全て使い切ってしまった。

シルとルシェのスキルが通用しないとは、これっぽっちも考えていなかった。

本当に危なかった。

でも俺はやった。やってやった。
勝った。
生き残った。
湧《わ》き上《あ》がる達成感と興奮に浸《ひた》っていたらルシェが『ピカーッ』と光った。
これはまさか……
俺は慌ててルシェのステータスを確認《かくにん》した。

種別　子爵級悪魔《ししやくあくま》
NAME　ルシェリア
LV　2
HP　80
MP　138
BP　143
スキル　破滅の獄炎
　侵食《しんしょく》の息吹《いぶき》
　暴食の美姫《びき》　NEW

装備　魔杖《まづえ》　トルギル　魔装《まそう》　アゼドム

おおっ。ステータスが軒並《のきな》み上がっているのと新しいスキルが発現している。

スキル　暴食の美姫……契約者《けいやくしゃ》のHPを消費する事で、一時的にステータスアップを図《はか》ることが出来る。ステータスの上昇幅《じょうしょうはば》は契約者との信頼《しんらい》関係に依存《いそん》する。

なんだ？　このスキル。契約者って俺の事だよな。おそらく、ルシェとの信頼関係が深まった事で発現したスキルだとは思うが、HPを消費するってなんだ？　俺の生命を吸い取っていくという事ではないのか？

ルシェが強化されるのは嬉《うれ》しいが、生命を吸い取られるのは、ちょっと無理だ。

悪魔にふさわしいスキルかもしれないが、かなり怖い。

これは当分封印《ふういん》だな。

そもそも、今回の戦いで全く活躍《かつやく》しなかったのに、なんでルシェがレベルアップしてるんだ？

パーティ戦なのはわかるがちょっと納得《なっとく》いかない。

ルシェのレベルアップを終え、俺も自分のステータスを確認してみた。

LV　15
HP　47
MP　31
BP　52
スキル　スライムスレイヤー
　　　　ゴブリンスレイヤー（仮）
　　　　神の祝福
　　　　ウォーターボール

「おおっ」

レベルがついに15になり、なんとBPが50を突破した。

BP50あれば探索者の中でも、それなりに頑張《がんば》っている人達の仲間入りだ。

今回は流石《さすが》に活躍した自覚があるので、素直《すなお》に嬉しい。

一人で感慨《かんがい》にふけっていると、倒したモンスターたちの跡《あと》に魔核《まかく》が残されている事に気がついた。
オーガ二体の跡に残されていた魔核はなんと、赤みを帯びている。
こ、これは……
以前何も知らず、シルに使用してしまった、レア魔核ではないか。
しかも前回よりも大きい。しかも二つも……
この二つで五百万円以上は確実だろう。
ついに俺にも春がきた。
俺はついにやったよ、母さん。
ボスっぽいモンスター最高！
ビバ隠《かく》しダンジョン！
猛烈《もうれつ》に感動しながらも、ビッグスライムの跡を見るとそこには
「これは、いったいなんだ？」
そこにはドロップアイテムと思われるものが落ちていた。
多分これは、ナイフ？　いやもっと小さいな。ステーキナイフ？
一応刃物《はもの》なのは間違いないがかなり小さい。
ボスっぽいモンスターからのドロップアイテムなので普通《ふつう》のステーキナイフということ

は無いと思うが、よくわからない。

こんな感じの小さなナイフのドロップアイテムは、ダンジョンマーケットでも見たことがない。

もしかしたらレアアイテムかもしれない。

見た感じではレアアイテムっぽくはないが、分からないのでとりあえず持って帰ってギルドで聞いてみよう。

もし超高額《ちょうこうがく》なアイテムだったら、速攻《そっこう》で売りたい。

アドレナリンで疲労を抑え込んでいたが、一気に疲《つか》れが出てきてしまい、もう立っているのも辛《つら》い。

一刻も早く戻《もど》らないと、いつまた襲われるかわからない。

残念ながら今襲われたら死ぬ自信がある。

「シル、ルシェ、急いで帰るぞ。俺もそろそろ限界だから、極力モンスターは避《さ》けてくれ、頼んだぞ。」

「ご主人様……」

「ちょっと無理……」

「ん？　なんだ、どうした」

「お腹《なか》が減りました～」

「腹が減ったんだよ！」

「あ～。忘れてた……」

よく考えると、さっきの戦いで今までで一番スキルを連発させていた。それは、お腹も空くだろうと思い、俺はそれぞれに奮発して、魔核八個ずつ渡《わた》した。

「満足です～。また大きいオーガとか出るといいですね」

「うん、今回はよかった。いっぱいもらえて大満足だ」

二人とも満足したようなので、さっさと地上を目指す。

途中《とちゅう》二度ほどモンスターと交戦したが、俺《おれ》は心身共にすっからかんなので、シルとルシェに任せっきりになった。

少し気が咎《とが》めたけど、モブの俺があれだけ頑張ったんだからこのぐらいは許してほしい。

ふらふらになりながらも、シル達におぶさる訳にもいかず、どうにかこうにか自力で地上まで辿《たど》り着《つ》く事が出来た。

ただ、そのままギルドに行く余力はなかったので、すぐに家路について、いつものようにベッドにフルダイブして朝までぐっすり眠《ねむ》ってしまった。

疲れていた所為《せい》で、その日は全く気がつかなかったけど、次の日になってルシェもほんの少しだけ身長と髪《かみ》が伸《の》びていることに気がついた。

やっぱりLVが上がると微《かす》かに成長するらしい。

今回の出来事のお陰《かげ》で、ルシェの言葉使いと俺への態度も少しだけ良くなった気がする。

死にかけただけの事はあったと思う。

ただ、俺はシルの時と同様にルシェが成長した事にテンションが一気に上がってしまったせいで、ルシェが超絶《ちょうぜつ》美女になるまでに、このペースだと、いったいどのぐらいのレベルアップが必要かを考えることを放棄《ほうき》してしまっていた。


次の日俺は学校に行っていつものように真司《しんじ》と隼人《はやと》に
「おう」

とあいさつしたが二人からは、なぜか返事がなかった。

なんだ？

もしかして無視されてる？

「なんだよ。二人共どうしたんだよ」

「海斗くん、おととい何をしていたのかな？」

おととい？

「おとといは買い物してたけど、それがどうした？」

「ふ〜ん買い物ね。誰《だれ》とどこに行ってたのかな？」

ここまで聞いて俺はピンときてしまった。

昨日何もなかったから完全に大丈夫だと思って油断していた……

岡田《おかだ》剛《ごう》だ。

あいつが、ショッピングモールでの事を言いふらしたに違いない。

「あ、あれだよ。あれ」

「どれだよ？」

「あの、この前言ってた、おつかいだよ。行くって言ってただろ」

「確かに行くとは聞いたけど、本当に行ったんだな。しかも、めかし込んで、デートみたいだったそうだが」

「い、いや、それは服を選んでもらって着替《きが》えたからで……」

「は？　お前、葛城さんに服を選んでもらったのか？　それってもしかしてデートじゃないのか？」

「いや。おつかいだよ。おつかい。俺的にはすごく楽しかったけど、残念ながらただのおつかいだよ」

「あ〜、お前らしいな。やっぱり海斗だな。海斗はどこまでいっても海斗だな」

「どういう意味だよ。訳の分からない事を言うなよ」

「それはそうと葛城さんと次の約束はしたのか？」

「そんなの、してるわけないだろ。そんなに何回も一緒《いっしょ》に買い物なんかしてくれるわけないだろ」

「は〜。ダメ元で誘《さそ》ってみろよ。減るもんじゃないし。案外何回でも一緒に行ってくれるかもしれないだろ？」

「いや、そんなに買うものも、もう無いし」

「そういう問題じゃないと思うけど、まあ海斗だしな。頑張れよ」

いろいろと、大きなお世話だと思いながら学校での一日が終わってしまった。

授業が終わって、俺は早速《さっそく》、ギルドに来ていた。

いつものように日番谷《ひつがや》さんのところに並んで
「すいません、ちょっといいですか？」

「はい、今日は買取でしょうか？」

「一応、魔核の買い取りなんですけど。これをお願いします。」

俺は昨日手に入れた赤みがかった魔核を二個共カウンターの上に並べた。

「これは……少々お待ち頂けますか？」

「はい。大丈夫です」

日番谷さんは魔核を持って奥の部屋へ行ってしまった。

五分程《ほど》待っていると、日番谷さんが奥から戻ってきた。

「高木《たかぎ》様。失礼ですがこの魔核はどこで手に入れられたのでしょうか？」

「えっと、昨日ダンジョンの五階層で隠しダンジョンを見つけまして、その奥にオーガっぽいのがいて、倒したらそれが残ってました」

「え？　隠しダンジョンですか？　今まで五階層でそんなものは見つかっていませんが、その話は本当でしょうか？」

「ええ間違いないですよ。昨日行ってきましたから」

「そうですか。至急ギルド職員に確認させますので、マップを指示頂くことは可能でしょうか？」

「はい。大丈夫です。ところでその魔核なんですが……」

「失礼しました。この魔核ですがオーガのものなんですね。それにしてはちょっと大きい気がしますが、この魔核は特別な魔核になります。一つで三五〇万円。二つで七〇〇万円となりますが、いかが致《いた》しましょうか？」

「あ…… も、もちろん買取でお願いします。すぐに売ります」

「かしこまりました。では少々お待ちください。買い取り代金はお振込みでよろしいでしょうか？」

「はい。それでお願いします。あと、ちょっと鑑定《かんてい》して欲《ほ》しいアイテムがあるんですけど。いいですか？」

「鑑定料《かんていりょう》として三万円お支払《しはら》いいただければ、もちろん大丈夫ですよ」

「じゃあこれをお願いします」

俺は昨日手に入れたステーキナイフ?を取り出して日番谷さんに渡した。

「これですか。少々お待ちください」

また日番谷さんは奥の部屋に下がっていき、しばらく待っていると一枚の紙を持って戻ってきた。

「これが鑑定書《かんていしょ》になります。鑑定料は先程の買い取り代金から相殺《そうさい》させていただきますね」

「はい、それでお願いします」

さっそく俺は渡された鑑定書をその場で見てみた。

アイテム名　　魔剣《まけん》　バルザード

魔核を吸収する事で斬撃の威力を増す。


え？

これ魔剣なの？

魔剣ってこんなに小さいの？

ステーキナイフぐらいしかないけど魔剣⁉

「あの、すいません。魔剣ってあの魔剣ですよね。こんなに小さい魔剣ってあるんですか？」

「鑑定結果に間違いはないので、そちらは間違いなく魔剣です。ただ、私が今まで見た中では一番小さいサイズの魔剣となります」

「一番小さい……これの次に小さい魔剣ってどんなのでしたか？」

「そうですね。大体刃渡《はわた》り三十センチぐらいの物でしたね」

「これって、それよりもかなり小さいですよね」

「はい。まあ、かなり。でも間違いなく魔剣ですから、使用すれば高木様の助けになってくれますよ」

こうして俺は憧《あこが》れの魔剣を手にする事となった。

最小サイズのステーキナイフっぽい魔剣を……

第七章 パーティーアタック？

俺はエリアボス戦で精根尽《つ》き果《は》ててしまい、思い切って今週いっぱいは、ダンジョンに潜《もぐ》るのを休む事にした。

今迄《まで》で一番の長期休暇《きゅうか》となるが、消耗《しょうもう》した状態で無理をすると危ない気がしたので、これからの準備も兼《か》ねて普段できなかった事もやってみようかと思う。

先《ま》ずは真司《しんじ》と隼人《はやと》に声をかけてみる。

「今週いっぱい、暇《ひま》なんだけどどっか遊びに行かないか？」

「珍《めず》らしいな。ダンジョンは潜らないのか？　中毒症状《しょうじょう》出ないの？」

「中毒ってなんだよ。人を病気扱《あつか》いするな！　ちょっと頑張ったから休むんだよ。どっか行こうぜ」

「そういや海斗《かいと》は今二階層だっけ？」

「いや、ようやく五階層に潜ったところだけど」

「え？　五階層？　まじで？　まじで言ってる？　そんなに進んでるのか？」

「ああ。まじで言ってるけど」

「一体レベル幾《いく》つなんだよ？」

「昨日レベル15に上がったところだよ」

「レベル15⁉　お前万年レベル3じゃなかったっけ。なんか裏ワザあるのか？　俺達《おれたち》にも教えてくれ。金積んだのか？」

「そんなことするわけないだろ。実力だよ、実力」

「海斗がダンジョンジャンキーなのは知ってたけど、凄い事になってるな。探索者《たんさく》のプロでやってけるんじゃないのか？　せっかくだから、俺たちも連れてってくれよ。二階層でいいから。な、いいだろ」

「お前らもダンジョン行きたいの？　俺、今日からダンジョン行くの休んでるんだけど」

「普段、五階層に潜ってるんだよな。二階層なんか休んでるようなもんだろ？　頼むよ。この通り」

必死で拝んでくる二人を見て、二階層ぐらいだったら、リハビリがてら潜ってもいいかなと思ってしまった。

これは、もしかしたら末期の中毒かもしれない
「わかったよ。二人とも準備してから明日の放課後な」

「おおっ！　やった楽しみだな。ご指導お願いします。海斗教官」

次の日の放課後、二人とそのままダンジョンに向かった。

二人とも以前の俺と変わらない軽装だが、武器はそれぞれ、金属製のバットと農耕用の鍬《くわ》を持ってきていた。

貧弱だが、以前、木刀でゴブリンにソロバトルを挑《いど》んだ俺よりは随分《ずいぶん》マシに見える。

「それじゃあ。今から潜るけど打ち合わせしとくぞ。二階層はゴブリンが単体で出現する。見つけたらまず俺が、ボウガンで足を狙う。機動力を奪《うば》ったところで、俺が前衛で注意を引くから二人は横か背後から一気に畳《たた》み掛《か》けてくれ。狙うのは頭と首な。危なくなったらすぐに離脱《りだつ》してくれ。俺がしとめるから」

「おお～っ。海斗がプロっぽい。しかし……お前のその格好なんなの？　海にでも潜る気？　どっかの変態みたいだな」

「馬鹿《ばか》にするな。これでも中古で五十万もしたんだからな。カーボンナノチューブで出来ているんだよ」

「それって中古で五十万もするの？　騙《だま》されてないか？」

「ちょっと、そのぴっちりで誰かの中古って抵抗《ていこう》感あるよな」

「お前ら、サポートしてもらう気ある？　やっぱりやめとくか？」

「あ、よく見るとちょっとかっこいいかも、いやむしろオシャレかも。海斗先生お願いします」

「調子良すぎだろ。まあいいけど作戦通りで頼むぞ。気をぬくと危ないからな」

「「は～い。海斗先生」」

俺達三人は、そのまま二階層まで潜り、ゴブリンを探しているが、普段と違《ちが》いシルがいないのでかれこれ三十分近く歩いている。

「なかなか出ないもんだな。ゴブリンって本当にいるのか？」

隼人がそう言った直後、前方にゴブリンを発見した。

「俺がボウガンを射出して、ゴブリンの動きを止めたら、二人で頼むぞ」

そう言って、ゴブリンから十メートルぐらいの地点まで近づいて、足を狙って連射した。

「グギャーギャギャ！」

放たれた矢はうまく両足に刺《さ》さってくれた。これで素早《すばや》い動きは封《ふう》じたので、あとは安全を確保しながらしとめればいいだけだ。

あれ？　しばらく待ってみたが、一向に真司と隼人が攻撃《こうげき》をかけない。

どうした？

不思議に思い後ろを振《ふ》り向《む》くと、二人とも顔を引きつらせて、固まっていた。

「おい、二人とも作戦通り頼むぞ」

反応がない。

仕方がない。俺がしとめるか。

俺は、そのままゴブリンの頭部に向けてボウガンを射出して無事、しとめる事ができた。

二人の様子を見て前途《ぜんと》多難《たなん》だなと思ったが、まあこれからだと気持ちを切《き》り替えて次に臨《のぞ》むことにした。

俺は固まっている真司と隼人に向かって
「そんなに緊張《きんちょう》しなくて大丈夫《だいじょうぶ》だって。俺がついてるから安心してくれよ。伊達《だて》に毎日潜ってるわけじゃないからな。俺も最初はそんな感じだったからわかるけど、慣れだから。次も俺が足止めするから頼むぞ」

「ああ、わかった」

「お、おう、頼んだ」

以前の俺ならどの口が言うんだというセリフだが、下層域での戦闘《せんとう》を積んだ今の俺には少し余裕《よゆう》がある。経験者として、できる限りサポートに気を配っていきたい。

それから俺達は次のゴブリンを探して歩いている。

途中、真司と隼人がコソコソなにか密談している。

「おい隼人。さっきはびびったな。俺全然動けなかったよ。ゴブリンってあんなに怖《こわ》いんだな。やっぱりモンスターだよな」

「ああ俺もだよ。足がすくんで全然動かなくなった。もうちょっとで、おしっこちびりそうだったよ。だけど、なんかすごかったな」

「ああ、あれって本当に海斗だったか？　双子《ふたご》の兄とかじゃないよな。毎日潜ってたのは知ってるけど、なんかプロの探索者みたいになってるよな」

「本当にLV15だったんだな。あんなの見たら女の子が惚《ほ》れても不思議はないよな。あんな、ぴっちりくんなのに、なんかカッコ良く見えちゃったよ。吊《つ》り橋《ばし》効果かな？　やべ～な。俺そういう趣味《しゅみ》は無いんだけど」

「葛城《かつらぎ》さんもこれ見たのかな？　でも一緒にダンジョン潜ったって聞いた事ないしな～」

「いや、それはないと思うが、あれは謎《なぞ》だな。学校七不思議の一つだよな」

「おい、なにコソコソやってんだよ。ゴブリンいたぞ。今度は頼むぞ」

俺は再度ゴブリンに近づいて、ボウガンを射出してゴブリンの動きを封じた。

「うりゃ～！」「といや～！」

『ガンッ』『ゴスッ』

「うぉ、堅《か》って～、おお～」「手がいて～、もう一発。おりゃ～」

『ガンッ、ガスッ』『バカッ、ゴスッ』

今度はちょっと間抜《まぬ》けな掛け声《ごえ》と共に、背後から二人で連撃を加えている。

「おお～。やった。すげーよ」「仕留めたぞ～。うぉ～。バーニング！」

訳のわからない二人の雄叫びを伴《ともな》って、ゴブリンが消失した。

「海斗、俺たち遂《つい》にやったぜ。サンキューな。おおっレベルが、レベルが上がってる。レベル2になってる！　すげ～よ、マジですげ～よ。うぉ～！」

「あっ、俺も上がってる。やったぜ。初めて上がった。レベルって本当に上がるんだな。うぉ～、マキシマム～」

「一体何なんだ。その変な雄叫びは？　まあでもよかったな。今度はゴブリンも倒《たお》せたし、レベルも上がったし。俺もサポートした甲斐《かい》があったよ。じゃあそろそろ帰るか」

「は？　何言ってるんだよ。帰るわけないだろ。これからだよこれから。なあ真司」

「当たり前だろ。これで帰れるわけないだろ。今日はとことん付き合ってもらうぞ。海斗先生」

「え～。俺休みの予定だったんだけど……　まあいいか。今日だけだぞ今日だけ」

結局そのまま、なし崩《くず》し的に三人でゴブリン狩《が》りを続ける事になってしまった。

「おっ、あっちにいるぞ。それじゃもう一回行くぞ！」

俺たちは、再度ゴブリン戦に臨んだ。

先程と同じように、俺がゴブリンに近づいて行って、ボウガンを射出してゴブリンの足を止めると同時に
「うぉりゃ～。死ね、死にやがれ、どりゃ～！」「ヒャッホー、オリャー、ファイヤ～！」

『ズガッ、ドガッ、グシャ』『バキッ、バガッ、ガンッ』

「やったぜ、楽勝、ヒャッホー！」「滾《たぎ》るぜ、ハイパー、ウォ～！」

え？

なんだこれ？

さっきまでと違う……

全くテンションが違う……

二人に一体何が起こったんだ……

「うぉ～。レベルが3になったぜ。海斗、次行くぞ次」

『俺もレベルアップしたぜ。もう俺は誰にも止められないぜ、ヘイ、カイト、カモン」

一体誰なんだこいつら？

俺はそのまま連れ回されて、結局その後三度ゴブリンとの戦闘をさせられる羽目になっ

た。

「今日は、もう終わりな。もう満足しただろ、また明日学校でな」

「ああ、今日はありがとうな。それで明日は何時からにする？」

「え？　今日だけって言っただろ」

「何言ってるんだよ。今日だけなわけないだろ、寝《ね》ぼけてるのか？」

「明日も放課後直行な、頼《たの》んだぞ」

俺の意思は完全に無視され、明日もダンジョンに三人で潜ることが確定してしまった。

俺は休み中なんだよ〜。


結局翌日の放課後、隼人と真司に急《せ》かされながらダンジョンに潜った。

「今日で終わりだからな。本当に今日だけだぞ」

「分かってるって。今日も頼むぜ海斗先生」

しばらく、ダンジョンを探索していると、昨日は出会わなかったスケルトンが前方に見えた。

「隼人、真司、スケルトンだ。ボウガンは効果が薄《うす》いから俺が前衛で、スケルトンの足を折るから、そのあとはゴブリンと同じ手順で行くぞ」

「ああわかった。スケルトンって本当に骨が動いてるんだな」

「理科室に置いてあるのしか見た事ないけど、なんか骨が歩くってシュールな感じがするよな」

二人ともバカな事を言っているが、ゴブリンの時と違って初見のモンスターにも自然体で臨めているようだ。

『ガンッ！』

『ボギッ！』

俺のタングステンロッドの一撃《いちげき》で、スケルトンの片足を粉砕《ふんさい》、続けて
『ゴッキッ！』

もう片方の足の骨も粉砕した。これで余程《よほど》の事がない限り、問題なく倒せるだろう。

「ウヒャ～。オリャ～。潰《つぶ》れろ。この骨野郎《やろう》！　ラーメンのダシにするぞ！」

「スケルトン　カモン。俺の血潮がバーニング。ウォリャ～、ドリャ～」

……………やっぱり二人とも人間が変わってしまっている。

これは、いい事なんだろうか？

二人とも一度は挫折《ざせつ》した探索者としては、今自分達《たち》でモンスターを倒せているのだから、テンションが上がるのはわかる。

わかるが……

本当に大丈夫だろうか？

俺が二人の変な扉《とびら》を開いてしまったんだろうか？

どうすればいいかわからない……

「ゴブリンより、怖くなかったな。おおっ、またレベルが上がった。もうＬＶ４だぜ。ＬＶ５もすぐじゃないか？」

「楽勝、ヴィクトリー！　俺もＬＶ４だぜ。フォーだぜ、フォー。最高の気分だな！」

「……よかったな」

その日もみっちり三時間連れ回されたが二人が本当に嬉しそうなのは良かった。

でもなんか疲れた……

「海斗、また明日も放課後な！　頼んだぜ。そろそろ三階層行ってみようぜ」

「いいね～。三階層。ゴーゴー！」

「いやゴーゴーって。そもそも今日で終わりの約束だろ」

「あと一日だけ頼む。お願いします海斗先生」

「お願いします。プロフェッサーカイト。プリーズ」

「本当に明日で最後だぞ。俺も準備と休養しないと本当にまずいからな」

なぜか、次の日の放課後も俺は、駆《か》り出《だ》される事になってしまった。

どうしても二人が三階層に行ってみたいと言うので、条件を出した。

今度は二人だけでゴブリンを倒せたら三階層へ連れて行くと約束した。

「おっ。ゴブリン発見。じゃあ行くぞ隼人。俺が正面、お前が後ろな」

「任せとけ。一気に行くぞ」

真司が、正面で牽制《けんせい》している間に、隼人が後方から鍬で一撃を加える。

「おりゃ～、クラッシュしちまえ。ウォ～！」

ゴブリンが後方からの一撃に気を取られた間に、真司も金属バットで連撃を加える。

「死ね。死ね。このゴブ野郎。うぉぉ～！」

「楽勝だったな」

「ああ、これで次は三階層だな」

なんか、掛け声とテンションは可笑《おか》しなまんまだが、あきらかにうまくなっている。もしかしたら、俺のレベル４の時より強くなってないか？

強くなるのはいいけど、少し複雑だ。

俺はあんなに苦労してレベル４まで行ったのに、たった二日でこれか……

俺も来週からまた頑張ろう。

「それじゃあ、今から三階層に行くけど四匹《ひき》以上の群れに遭遇《そうぐう》したら撤退《てったい》するぞ。二匹か三匹までしか対応できないからな。これだけは約束してくれよ」

「わかった。海斗先生」「イェッサー。カイト」

遂に三人で三階層まできてしまった。ちょっと気を引《ひ》き締《し》めて行こう。

まず最初に出会ったのはワイルドボア二匹だった。

「突進《とっしん》されるとまずいから、常に移動しながら狩ってくれ。一匹は俺が倒すから、もう一匹を二人でお願いいな」

そう言ってから俺は早速ボウガンで右側のワイルドボアを狙《ねら》う。矢は問題なく命中し、その後の追撃《ついげき》であっさりと消失させる事ができた。消失を確認《かくにん》すると同時に左側を見ると
「猪鍋《ししなべ》にしちまうぞ！　おりゃおりゃ、このデカブツが！」

「フンッ。くらえ渾身《こんしん》の鍬の一撃。おりゃ、おりゃ〜サンダーブレイク〜」

サンダーブレイクって一体何？

なんか可笑しさが増してる気がする。

まあ倒せたからいいけど。

無事に二匹を倒せたので、次を探して歩いているとヘルハウンド二匹とワイルドボア二匹の集団に遭遇してしまった。これはやばいな……

「真司、隼人、撤退するぞ。殿《しんがり》を俺がやるから全速力で逃《に》げろ」

「いや。いけるでしょ」

「ああ、問題ないな」

「おいっ。二人とも何言い出すんだ。全力で逃げるぞ」

「うぉりゃ〜。猪《いのしし》肉は俺たちがやるぜ」

「任せとけミンチにしてやるぜ」

「ばっ、ばかやろう」

二人はワイルドボア目掛《めが》けて飛び込んでいってしまった。

俺は慌《あわ》てて臨戦態勢を整え、ヘルハウンドにボウガンを連射。一匹に命中したが消失には至っていない。

追撃しようとする所にもう一匹が飛び込んできたのでタングステンロッドで横殴《よこなぐ》りにしてダメージをあたえる。

「ギャゥッ！」

確実にヒットしたが、まだしとめられてはいない。焦《あせ》りを感じながら二人の方を見ると、それぞれワイルドボアに一対一で向かい合っている。早く倒して、フォローに入らなくてはまずい。俺は、普段《ふだん》経験したことのない状況《じょうきょう》に焦りを感じていた。

焦る気持ちを抑《おさ》え冷静に矢が刺さった方のヘルハウンドに追撃を行い、撃退《げきたい》した。

その瞬間《しゅんかん》
「ウワ〜、ヤバイ、ううっ」

「がはっ、痛って〜、やられたっ」

慌てて見ると二人ともワイルドボアに吹《ふ》き飛《と》ばされていた。

やばい。冷静になったつもりだったが、再び焦りで頭が真っ白になりそうになるのを必死で堪《た》え魔法《まほう》を放つ。

『ウォーターボール』

いつもと違い『鉄壁《てっぺき》の乙女《おとめ》』がない状態で魔法を放つため、目の前のヘルハウンドに対しタングステンロッドを大きく振るって牽制しながら、真司の敵に氷の槍《やり》を放つのと同時に隼人の相手にボウガンを連射する。

一瞬《いっしゅん》、マジックアイテムによる拘束《こうそく》感を感じて動けなくなったがすぐに解ける。

二匹を仕留めたのを確認して、三度《みたび》
『ウォーターボール』

残る一匹に氷の槍を突《つ》き立《た》てて、なんとかヘルハウンドを消失に追いやる事に成功した。

「本当にすいませんでした。本当に申し訳ない。調子に乗ってごめんなさい」

「これからは何でも言う事聞きます。ありがとう。助けてくれて本当にありがとう」

戦闘が終了《しゅうりょう》すると同時に、真司と隼人は駆け寄《よ》ってきて土下座の格好で謝《あやま》ってきた。怒《おこ》ろうと思ったけど、完全に不意打ちを食《く》らってしまい、怒るタイミングを逃《のが》してしまった。

「は〜。あれだけ言ってただろ。三匹以上は撤退だって。死んでてもおかしくなかったぞ」

「返す言葉もございません。楽しすぎて調子に乗ってました。ごめんなさい」

「なんかテンションが上がっちゃって、変になってました。海斗がいてくれると思って気が大きくなってました。もうしません。ごめんなさい」

「わかってるならもういいけど。今日はもう終わりだからな。二度と無茶《むちゃ》はするなよ」

「はい、もちろんです。それはそうと、あれは何だよ？　魔法か？　お前魔法が使えるのか？」

「俺も気になってたんだよ。あれってすごいな。恰好良《かっこうよ》すぎだろ。でもあれ『ウォーターボール』って言ってたと思うけど、水でもボールでもなかったよな」

「ああ。あれはいろいろあって、今は『アイスボール』と言うか、小さい『アイスジャベリン』みたいになってるんだよ」

「おお〜！　お前ほんとに海斗か？　なんかかっこいいんだけど」

「俺も女なら惚れてたかも。もしかして顔隠《かく》してたらイケメンじゃね～？」

「あ～もういいや。今日はこれで帰るからな」

「ああ。本当に楽しかったよ。レベル1だった俺達がレベル4だからな。しかもゴブリンだったら、俺らだけでもいけるしな」

「ああ、今度から二人で二階層に潜ることにするから、たまには付き合ってくれよ」

「お前ら……反省してね～な。本当に無茶すんなよ。また休みを取る時にでも一緒に行けるといいな」

　その後、俺達は地上に戻って別れた。

「海斗には、もう感謝しか無いな。付き合ってもらってフルサポートの上、命まで助けてもらったしな」

「あの海斗がな～。ダンジョンでは別人だったよな。ただのダンジョンオタかと思ってたけど、すごかったな」

「ちょっとは俺らも恩返ししないといけないな。借りっぱなしってのもカッコ悪いしな」

「ああそうだな。今度二人で海斗に恩返しだな」

　俺は二人と別れてから、ダンジョンマーケットへやって来ていた。

　まずはポーションの購入《こうにゅう》だ。隠しダンジョンでも一個持っていて助かったけど、かなり危なかった。なので今度は奮発して三個購入することにした。

赤っぽい魔核《まかく》の代金の七百万円の使い道を考えてみたが、半分の三五〇万円は将来の為《ため》に貯金する事にした。

将来も探索者として生活したいとは考えているが、高校卒業と同時にプロになるのはちょっと厳しいので、大学に行きながら探索者としての基盤《きばん》を固めるつもりだ。なので貯金はその時の為の学費に充《あ》てようと考えている。残りは、探索者である自分への投資用に使おうと思う。

「あの、すいません。低級ポーションを三個ください」

「低級ポーション三個ですね。かしこまりました。三十万円になります」

「あの〜、低級ポーションでも、ものすごく効果があったんですけど、五十万円の中級ポーションってどのぐらい効果があるんですか？」

「低級ポーションは、単純骨折や中度の切り傷、そしてHPを回復してくれます。中級ポーションは、複雑骨折や、重度の切り傷にも効果がありMPも回復させてくれます」

「そうなんですか。もう一ついいですか？　ポーションってサーバントにも効果がありますか？」

「はい。ポーションは敵味方問わず、使用した対象に効果を発揮するので、サーバントであろうとも、同じく効果を得ることができますよ」

どうやらサーバントにも問題なく効果を発揮するようだ。もしもの時用に中級ポーションを買うのも有りかもしれない。とりあえず低級ポーション三個の支払いを済ませ、他も回ってみることにした。

「おう、坊主《ぼうず》。今日はべっぴんさんと一緒じゃね～のか？」

「ああ、一人ですよ。そういえば今度五階層なんですけど盾《たて》が溶《と》かされちゃって、なんか代わりの盾と、ボウガンに変わるような武器ってないですか？」

「ああ。あの盾か。四～五階層にあの盾を溶かすようなモンスターなんかいたか？　まあいいけど、盾はこのポリカーボネイトのでいいんじゃないか？」

「値段はいくらですか？」

「五万だな」

「五万円って今までの盾に比べるとちょっと安いですね」

「いや、今までお前の予算に合わせたものを予算通り出してやっただけだからな」

「そ、それってぼった……」

「あ～？　なにか言ったか！」

「い、いえ、なんでもないです。いつもありがとうございます。と、ところで武器は、何かありますか？」

「武器か。坊主は未成年だからな。本物の剣《けん》とかはブロンズランク以上にならないと売れね～からな。ちょっと値段は張るがこの魔核銃《まかくじゅう》はオススメだけどな。予算はいくらだ？」

「いや、あの。先に値段を教えてください。お願いします」

「チッ。小せ～奴《やつ》だな。値段は二百万だよ」

「二百万円ですか。結構しますね。ところで魔核銃ってなんですか？」

「あ？　知らね～のか。魔核銃はダンジョンでしか効果を発揮しね～が、魔核を燃料にこの金属バレットを打ち出す事ができるんだよ。ボウガンより軽くて、連射も十連射までできるし、予備のマガジンを準備しとけばダウンタイム無しで、さらに連射可能だ。威力《いりょく》もダンジョン内では本物の銃《じゅう》並みにあるぜ」

「なんかその魔核銃ものすごくないですか？　それにしてはあんまり使っている人を見た覚えがないんですけど」

「おっ。坊主鋭《ぼうずするど》いな。この銃はな、魔核を燃料にしているんだが、すこぶる燃費が悪くてな。使用前に魔核をチャージしないといけないんだが、十発撃《う》つのにスライムの魔核で五個必要なんだ。まともに使おうと思ったら、魔核の十や二十すぐになくなるからな。そのせいでちょっと人気がないんだ」

魔核を燃料にしているのか。しかも燃費が悪い。まるでシルやルシェのようだな。これも何かの縁《えん》かもしれない。

「わかりました。じゃあこれください」

「え？　買うのか？　これを。坊主二百万持ってんのか？」

「はい、大丈夫です。お願いします」

「そ、そうか、じゃあこのバレットは五百個サービスでつけてやる。なくなったら十個で二千円で売ってやるよ」

こうして俺《おれ》はダンジョンマーケットの武器屋でポリカーボネイトの盾と魔核銃なるものを手に入れた。

ダンジョン限定とはいえ銃だよ銃。かっこいいよな。

今度お金が貯《た》まったら二丁拳銃《けんじゅう》にしてみようかな。

やばい。かっこいい。


隼人と真司のせいで短くなった休暇を完全静養にあて、今日からダンジョン探索を再開する事にした。

五階層に潜る前に新しい武器を試《ため》しておきたいので、まずは二階層に潜ることにした。

準備の為、魔核銃と魔剣に魔核を吸収させる。

限界まで吸収させてみたが、魔核銃はなんと魔核五十個を吸収してしまった。おそらくこれで百発撃てるのだろう。

魔剣は魔核三個まで吸収出来た。

両方の武器の準備段階で魔核五十三個も使用してしまった。これで、またスライム狩りに励《はげ》まないといけなくなった。

歩いていると早速《さっそく》ゴブリンを発見して、魔核銃を発砲《はっぽう》する。

『プシュ』

バレットの射出音と共に弾《たま》が放たれるが大きく外れてしまった。

『プシュ　プシュ』

慌てて二連射して、そのうちの一発が見事頭に命中してゴブリンが消失した。

「おおっ」

当てるのに少し慣れが必要だが、威力は申し分ない。しかも軽いしカッコいい。

今度は魔剣バルザードを試すことにする。

再度ゴブリンを見つけて向かうが、リーチが短いため今度は至近距離《しきんきょり》まで接近する必要がある。

ポリカーボネイト製の盾《たて》を構えて突撃《とつげき》する。盾でぶつかりながら接近して、右手で魔剣を突き出す。

『バシュ！』

さすが魔剣と思わせる切れ味と威力を見せ、あっさりとゴブリンを倒す事に成功した。

たしかにすごい威力と切れ味だが、あまりに射程が短すぎる。

超近接《ちょうきんせつ》戦限定だろう。投げナイフの要領で敵を倒す事もできるかもしれないが、正直当てる自信がない。

ゴブリンだからこんなに上手《うま》く倒せているが、もう少し上位のモンスターだと、こんなにスムーズにはいかないだろう。

手で触《ふ》れる事ができる距離《きょり》まで接近しないと使えない。

かなり切迫《せっぱく》した状況のみで活躍《かつやく》するピーキーな武器と言える。

やられかけた時の奥《おく》の手《て》用として使っていこう。

出来る事なら使う状況にならないように祈《いの》りたい。

そして思いのほか使い勝手がいいのが、ポリカーボネイト製の盾だった。

今までよりもかなり軽い上に、透明《とうめい》である事が思いの他良い。

盾越しに相手の挙動が見て取れるので、次の動作に備える事ができる。

しばらく使用してみないとなんとも言えないが、これはかなりお買い得だったのではないだろうか。

できれば、おっさんには最初からこれを、勧《すす》めて欲《ほ》しかった。

当初の木刀に殺虫剤《さっちゅうざい》のスタイルから比べると飛躍的《ひやくてき》に装備がレベルアップしている。

このまま一気に進みたいところだ。

しばらくゴブリン相手に戦闘を繰《く》り返《かえ》して、魔核銃を練習し、動いている相手にも十発中八発か九発は命中させる事ができるようになってきたので再度五階層へと臨んだ。

しばらくして五階層に着いたが、何かいつもより他の探索者が多い気がする。

多分隠しダンジョンが見つかったので、その話を聞きつけて集まって来ているのかもしれない。

「おい、聞いたか？　隠しダンジョンの奥にエリアボスがいたそうだ。赤系の魔核《まかく》と一緒《いっしょ》になんと魔剣《まけん》をドロップしたそうだぞ。どんな奴が最初に見つけたんだろうな？　ソロらしいけど俺もあやかりたいもんだ。どこか他にも隠しダンジョンがあるかもしれないよな」

「おふっ⁉」

他の探索者の喋《しゃべ》り声が聞こえてきたが、俺の個人情報ダダ漏《も》れじゃないか。流石《さすが》に名前までは伝わってないようだが、ダンジョンギルドって一体……

とにかく、ここは知らんふりを決め込むしかないな。

俺は人目を避《さ》けながら隠しダンジョン内の探索を進めていく。

しばらく歩くとパープル色のヘルハウンドとピンク色のワイルドボア二匹に遭遇した。

この下品な色は一体誰《だれ》が考えたんだろう。もっといい色があるだろうに残念だよな〜なんていうバカな事を考えながらシルとルシェに指示を出す。

「一人一体ずつ狩るぞ。俺が紫《むらさき》をやるから、後を頼む」

高速で動くヘルハウンドだが、通常個体より大きいので逆に狙い易《やす》かった。

「プシュ、プシュ」

二発発砲し着弾《ちゃくだん》と同時にモンスターは消失した。

ボウガンでは五本以上撃ってようやくしとめられた事を考えると格段に威力が上がっている。

横では既《すで》にシルとルシェがピンクのワイルドボアを片付け終わっていた。

なんか今までになくスムーズにいけた。

今度の新装備すごいな。

この後しばらく戦闘を繰り返して自信を深めた俺達は、その後も毎日のように探索を続けて遂に六階層に挑むことにした。

第八章 モブの恩返し

俺は今六階層に潜《もぐ》っている。

この六階層は今までの階層と大きく違うところがある。

入り口の脇《わき》になんとコンビニがあるのだ。ダンジョンによって違うらしいが、このダンジョンの六階層にはゲートと呼ばれる入り口があり、一階層入り口付近のゲートとつながっている。仕組みは全く分からないが、一度ダンジョン側からゲートを使用して地上に戻《もど》ると、その後は六階層まで一気に来れるようになる。

もっと深層階にもゲートのある階層があるらしいが、今の所、俺にはまだ使用する事は出来ない。

おそらく一種のワープホールのようなものだと思われる。

いずれにしてもここまで来ることが出来ると、明日から五階層までをすっ飛ばして直接六階層まで来る事が出来る。しかもコンビニ付きだ。値段は……高い。ミネラルウォーター五百ミリリットルで三百五十円もしている。

しかし、装備以外のものを気にせずに探索《たんさく》できるメリットは計り知れない。

世の中金次第《しだい》という事だろうか。

今日からまたバリバリ稼《かせ》がないといけない。

「それじゃ頑張《がんば》って探索するか。シル、ルシェ今日も頼んだぞ。気を抜《ぬ》かずに行くからな」

「はい。まかせてください」

「ああ。わたしがいれば問題ない」

探索を始めて程なく六階層のモンスターに遭遇した。

オーガ二体のグループだ。

オーガは五階層で出会った奴のように光ってはおらず、サイズも一回りは小さい。

俺が六階層進出を早々に決めた理由の一つがこれだ。

五階層で既にオーガの特殊《とくしゅ》個体を撃破《げきは》していたので六階層で出現する通常個体のオーガであれば問題無いと判断したためだ。

「シル、念のため『鉄壁の乙女』を頼む。ルシェは右側のオーガを頼む」

指示を出した後『鉄壁の乙女』の効果範囲内《はんいない》から左側のオーガを狙って、バレットを射出。

『プシュ』

『鉄壁の乙女』の効果範囲内から安全に狙えた為、一撃で頭部に命中させ、消失させる事ができた。

右を向くとルシェが『破滅《はめつ》の獄炎《ごくえん》』でオーガを消失させていた。

やはり特殊個体以外はスキルレジストされる事はないらしい。とりあえずひと安心だ。

考えていたよりもあっさりとオーガを倒すことに成功したので、次は節約の為に『鉄壁の乙女』なしでやってみる事にする。

うろうろ探索していると今度はオーガとオーク二体のグループに遭遇した。オークは初出現だが、顔がブタっぽいのですぐに分かった。

よくファンタジーものでオークの肉は美味《うま》いと謳《うた》っているシーンを見るが、間違《まちが》ってもこのブタっぽいモンスターの肉を食べたいとは思えない。

臭《くさ》そうだし気持ち悪い……

「俺が右側のオークを倒す。左側をルシェ、オーガをシルが頼む。まとめて一気に倒すぞ」

初のオークだったがブタっぽい体型だけあって腕力《わんりょく》はありそうだが、ちょっと動きが遅《おそ》い。

こちらに気付いて向かってきている間にバレットを射出。

『プシュ』

初撃がオークの肩口《かたぐち》に命中。

「グブヒィー。ブホッ、ブギャー」

痛がってはいるが、そのまま突っ込んでくる。

『プシュ』

すぐさま二発目を射出する。

二発目が頭に命中すると同時にオークは消失した。

シルとルシェもそれぞれ問題なく倒せたようだ。

五階層に引き続き、今までになくスムーズに進んでいる。

急に自分が特別強くなったような錯覚《さっかく》を覚えるが、勘違《かんちが》いしてはいけない。

凄《すご》いのはこの魔核銃だ。

さすが二百万円しただけの事はある。やはり世の中、金次第なのか。

燃費が悪いのがネックだが、ストレスフリーで狩りができる。本当に素晴《すば》らしい性能だ。

今まで使用していたボウガンも買った時は凄いと思ったが、矢から銃、人類の進歩は素晴らしい。

間違っても、俺が凄いなどと自分の力を過信してはいけない。

モブの俺が調子に乗ると、いつもろくなことがない。

でも銃で一撃のもとにモンスターを狩る俺。ちょっとかっこいい。

探索して小腹が空いたのでコンビニでおにぎりでも買おうかな。

お金さえ気にしなければ、この六階層は最高かもしれない。

しばらく探索をした後にコンビニで買い食いをしたら、満腹状態でちょっと眠《ねむ》い。

昼寝《ひるね》をしたくなるのを押《お》さえ込んで、六階層をさらに探索する。

遭遇したのはオーガとトロール二匹のグループだ。

トロールは想像通りデカかった。

デカさだけなら五階層のオーガの変異種並みだ。

一瞬《いっしゅん》怯《ひる》んでしまったが、五階層で勝利した自信が、怯んだ気持ちを立て直して、冷静に指示を出すことができた。

「シル、右のトロールに『神の雷撃《らいげき》』を頼む。ルシェ、オーガを頼むぞ。俺は左のトロールを相手にする。やばくなったら援護《えんご》を頼むな」

俺はトロールに注視しながら、魔核銃を発砲《はっぽう》する。初めてのモンスターの上、デカくて怖《こわ》いので念のために足を狙う。

『プシュ　プシュ』

「グボゥワー！　グギャーワー、ウグガー！」

しっかり効いている。足を射抜《いぬ》かれたトロールは完全に動きが止まっている。俺は足が止まったトロールめがけて再度発砲する。

『プシュ』

トロールは頭部に着弾すると同時に消失した。

トロールにも魔核銃は通用した。やっぱり魔核銃すげ〜よ。

隣《となり》を見ると、ルシェとシルもそれぞれ、あっさりとモンスターを倒《たお》していた。

五階層と同じ様に六階層でも十分にやれている。

「ご主人様お腹《なか》が空きました〜」

「頑張った。腹減ったから魔核くれ〜」

これさえなければ、いくらでも戦えそうなのに、魔核銃の分と合わせて魔核の消費量が半端《はんぱ》ない。

やはり、世の中金次第。明日は一階層でスライム狩りに励もう。

モンスターを求めて探索を続けると今度は、トロール二匹、オーク、オーガの揃《そろ》い踏《ぶ》みのグループと遭遇してしまった。

数も四体なので、この階層で出会った中では一番多い。

一瞬、『鉄壁の乙女』に頼《たよ》ろうかとも考えたが、今日の俺はのっている。『いける』という変な自信もあり、速攻《そっこう》を選択《せんたく》した。

「シル、右のトロールを頼む。ルシェ、左のトロールをよろしく。残りの二体は俺がやる」

俺は敵から距離を取りながらオークに魔核銃を発射。

照準が甘《あま》くなっても良いように二連射する。

『プシュ　プシュ』

それと同時に魔法を発動。

『ウォーターボール』

オーガに向けて氷の槍を放つ。

今までにほとんどやった事のない二体同時攻撃《こうげき》だ。

ぶっつけ本番でやった所為《せい》で、ちょっと余裕《よゆう》がなかった。

その為、どちらも狙いが甘くなり、命中はしたものの消失させる事はできなかった。

「ブギュー、グルギャーウ」　「グギャー、グルルゥー」

ただ二体とも確実にダメージをあたえることができた。

再度、落ち着いて魔核銃からバレットを射出する。

『プシュ』

先程《さきほど》と同じように今度はしっかりと狙いを定めて氷の槍を放つ。

『ウォーターボール』

『ザクッ』

今度はバレットも氷の槍も頭部に命中し、命中と同時にオークとオーガは消失した。

横ではシルが『神の雷撃』、ルシェが『破滅の獄炎』を使用して、あっさりトロールを消滅《しょうめつ》させていた。

六階層の四体のモンスターを、ものの数秒で片付けてしまった。

ちょっと勘違いして調子に乗ってしまいそうだ。

もちろん俺は勘違いなんかしないので調子にも乗らない。

あくまでも武器がパワーアップした恩恵《おんけい》に過ぎないのだ。残念ながら俺だけの力ではない。

でもやっぱりサクサク倒せると気持ちいい。

その日俺は、調子の良いまま、その後二度ほどモンスターとの戦闘《せんとう》を繰り広《ひろ》げた。

繰り広げたというよりも瞬殺に近かった。

次の日になり、俺は予定通り放課後一階層でスライム狩《が》りに励んでいる。

スライム狩りもレベル15のステータスは完全にオーバースペックなので、今迄《まで》で一番サクサク進んで一時間当たりに、なんと十二個もの魔核をゲットする事が出来たので合計三時間で三十六個もの魔核を手に入れる事が出来た。

これでまた数日は補給無しで潜ることが出来る。

それにしても五分に一匹のペースで狩った計算になる。もはや匠《たくみ》の技《わざ》、一階層では最強無敵かもしれない。

まあ実際のところレベル10以上で一階層のスライムを狩っているのもおそらく、俺一人だと思われるのだが。


昨日魔核を調達したので今日も俺は六階層に潜っている。

最近調子が良いので三人とも探索中もいい感じにリラックスできている。

そのせいか、移動中シルとルシェがコソコソなんか話している回数が増えている。

何を話しているのか気にはなるが、二人で仲良くしているようなので特に触れずに放置している。

「六階層になってから､調子がいいよね。ご主人様がすごくいい感じに活躍してると思う」

「ああ、なんか隠しダンジョンで死にかけた時はもうダメかと思ったけど、そこからゴキブリのように復活してから妙《みょう》に調子良さそうだな。一回死にかけたのが良かったのか？」

「ルシェ、そんな風に言ってもダメだよ。ご主人様がトラップにはまった時、あたふたして泣き出してたでしょ。本当は元気になってくれて嬉《うれ》しいんでしょ」

「まあ、わたしのせいで死んじまったら、気分悪いからな。助かってよかったよ」

「ルシェはあの時ご主人様に叱《しか》られてから、随分《ずいぶん》変わったね。今の方がずっといいよ」

「なに言ってるんだよ。とりあえず、それは置いといて、なんかあいつ好きな子がいるみたいだぞ。知ってるか？」

「シルとルシェの事でしょ。ご主人様はシルとルシェの事大好きだものね」

「違《ちが》うよ。人間の女だよ。この前ニヤニヤしながら、ブツブツ独り言つぶやいてるのが聞こえてきたんだよ。なんか春香《はるか》とかいう女みたいだぞ。お買い物がどうとか、白のワンピースが最高だったとか聞こえてきたんだよ」

「え～？　私達《たち》の他にも好きな人がいるなんて知らなかったよ。ちょっとびっくりしたけど、ダンジョンでは私が一番だから、大丈夫《だいじょうぶ》だと思うの」

「いや、最近わたしにも優《やさ》しいから一番はわたしかもな。ギャップ萌《も》えだよギャップ萌え」

「ルシェ、私たちは仲間でしょ。二人でしっかりご主人様をお守りして、一番に可愛《かわい》がってもらわないとね」

「わたしは別にどうでもいいけど、そこまで言うなら一緒にやってやるよ」

ヒソヒソ話の最中にチラチラ視線を感じる。そのせいかちょっと悪寒《おかん》がする。何もなければ良いんだけど。

その直後、俺達《おれたち》はオーガ二体にトロール一体のグループに遭遇した。

「シルはトロールを頼《たの》む。ルシェは左のオーガを頼むな。俺は右のオーガを狩る」

「いえ、大丈夫です。ご主人様は休んでいてください」

「え？　どういうこと？　休んでいて？」

「我《わ》が敵を穿《うが》て、神槍ラジュネイト」

「え？」

『侵食《しんしょく》の息吹《いぶき》』

「ええ？」

『神の雷撃』

なんだ？　どうした？

明らかに今までと違う。

シルが今まで指示に従わなかった事は一度も無かった、おまけに二人共普段のスキルの使い方と違う。

やたらと積極的に攻撃していた感じがする。

一体二人共どうしたんだ？

『シル、ちょっと前に出過ぎたんじゃないか？　ルシェも『侵食の息吹』とは珍《めずら》しいな。俺も戦えるんだけどな～」

「ご主人様。私達二人で頑張りますから、ゆっくりしていてください」

「あ、ああ、シルがそう言うなら、そうさせてもらおうかな」

「はい。任せてください」

次に遭遇《そうぐう》したのはトロール四体だった。

「シル、ルシェ、流石にトロール四体は多すぎる。俺も一番右の奴を狩るから、残りを頼むな」

「大丈夫だって。わたしたちに任せとけって。後ろでドーンと構えといてくれよ」

「いや、だけどな……」

「大丈夫です！」

なんかルシェとシルの勢いに押されてしまった。

「我が敵を穿て、神槍ラジュネイト」

『侵食の息吹』

『神の雷撃』

『破滅の獄炎』

正に一瞬だった。本来この二人が本気を出せば、この階層の通常モンスターなんか、問題になりようがない。

でもなんか違う。俺がやりたいのとなんか違う。

二人だけに戦わせて後ろで、ドーンと構えているのは俺のやりたい事じゃない。

俺は一緒に戦って、一緒にレベルアップしていきたいんだ。

「シル、ルシエ、ちょっといいか？」

「はい、何でしょうか」

「うん、どうしたんだ」

「さっきから二人がすごく頑張ってくれてるのはわかる。多分俺の事を考えてくれてるんだというのもわかる。でもな、俺も二人のことが大事なんだ。俺はお前達と一緒に戦いたいんだよ。二人と一緒に成長していきたいんだ。だから今まで通り、一緒に戦いながら探索していこうな」

「ご主人様、嬉しいです。そんなに私たちのことを思ってくれていたなんて。これからもずっと一緒に頑張らせてくださいね」

「まあ、そんなに言うなら一緒にやってやるよ。しょうがないな」

「ああ、これからもよろしく頼むな」

「ところで、ご主人様、春香様というのはどなたなのでしょうか？」

「え!?」

「ご主人様と仲がいいのでしょうか？　買い物に一緒に行かれたり、白のワンピースが可愛かったりしますか？」

「い、いや。な、なんのことを言っているんだ？　は、春香って誰だろうな？　ちょっとよくわからないな。はは……」

その後もシルとルシェから、普段《ふだん》感じることのない圧力を感じながら質問されたが、なんとかごまかした。

でもなんであいつらが葛城《かつらぎ》さんのことを知ってるんだ。まさか考えている事を覗《のぞ》くスキルでもあるのか？

どうしてなんだ。わからない……

シルとルシェとの関係も少し深まり、俺は今日も六階層に潜っている。

シルとルシェは二人だけで突《つ》っ走《ぱし》る事もなくなり、以前よりいい関係を築けている気がする。

以前の春香様発言には得体の知れない怖さを感じたが、今では気のせいだったのかと思うほど順調で、戦闘での連携《れんけい》もさらに向上した感があり、探索もスムーズに進んでいる。

この一週間で一度も『鉄壁《てっぺき》の乙女《おとめ》』を使用していないのがその証明だろう。

「ご主人様向こうにモンスターが五体います」

進んで確認《かくにん》するとオーガ五体の群れだった。

本来であれば、オーガが五体もいれば十分に脅威《きょうい》となりえるのだが、今の俺達には全く問題とはならない。

「二体は俺が受け持つから、シルとルシェで残り三体をお願いするよ」

一番左端《ひだりはし》のオーガに向かって有無《うむ》を言わせず、魔核銃を発砲する。

『プシュ』

発砲と同時に魔法《まほう》を発動する。

『ウォーターボール』

氷の槍《やり》が隣のオーガの頭に命中する。

もちろん魔核銃から射出されたバレットもオーガの頭に命中している。

当初は魔核銃を撃ちながら、『ウォーターボール』を使用することに慣れず、少しタイムラグが発生していたが、今では、ほぼ同時に行えるようになっている。ただし、『ウォーターボール』使用時には着弾までの間、マジックアイテムによる拘束《こうそく》がかかるので、必ず魔核銃を先に発砲する必要がある。それも段々と慣れてきて、タイミングを上手く測れるようになってきた。

命中率も魔核銃を使用しはじめた当初に比べると格段に上がってきている事もあり、一人で二体以上の敵を相手にする時は、このパターンをメインに使用している。

隣では、シルとルシェが既に狩りを終わらせている。

本当にこの二人は別格なので、サーバントとして心強い限りだ。

戦闘を終え、二人と軽く会話を交《か》わしながら進んでいくと

「ご主人様、少しまずい状況《じょうきょう》です。たまたまだと思いますが、モンスターに挟《はさ》まれています。奥に五体、後ろにも五体います。どうされますか？」

「とにかく、正面のモンスターを先に倒してしまおう。その後は、その時の状況次第《じょうきょうしだい》だ」

すぐに正面からトロール三体とオーガ二体がやってきた。

「オーガ二体は任せてくれ。残りのトロール三体は頼んだぞ」

指示を出した瞬間《しゅんかん》、後方からもモンスターの気配がした。

後ろを向くとオーガ五体がこちらに向かって猛然《もうぜん》と突進《とっしん》してきていた。

『ビュッ』

「おあっ。あぶねっ！」

なんと後方のオーガの一体が矢を放ってきた。

今までのモンスターは近接戦闘しか仕掛《しか》けてこなかったが、初めて遠距離《えんきょり》から攻撃してきた。

さすがは六階層、モンスターの知能も今までとは違う。舐《な》めていたらこちらがやられてしまう。

「シル直《す》ぐに『鉄壁の乙女』を頼む。ルシェ『破滅の獄炎』を連発できるか？」

「当たり前だろ？　誰に聞いてるんだよ。地獄《じごく》を見せてやるよ」

「よ、よし、じゃあ正面の敵からいくぞ」

当初の予定通り正面のオーガに向かって魔核銃の引き金を引きバレットを撃ち出す。

『プシュ　プシュ　プシュ　プシュ』

四連射したと同時に魔法を発動する。

『ウォーターボール』

オーガ二体を魔核銃で仕留めて、トロール一体に向かって氷の槍を放ちしとめる。

隣ではルシェが『破滅の獄炎』を連発してトロール二体を消失させていた。

うまく前方のモンスターを壊滅《かいめつ》させたので残りは後方のモンスター五体だ。

後方を見るとオーガがそれぞれ距離をとって散開している。

明らかに先程の攻撃を見て警戒《けいかい》しているようだ。やはり侮《あなど》れない。

この距離感だと俺にはちょっと遠いので『鉄壁の乙女』の効果範囲《はんい》を出てオーガを迎撃《げいげき》する。

弓を持っている個体が二体いるので、こいつらさえ気を付けていれば問題無い。

先にこの二体を片付けるため、ポリカーボネイト製の盾《たて》を構えながら距離を詰《つ》めていく。

『カンッ！』

確実にこちらを狙《ねら》ってきているが矢での攻撃を確実に盾で防ぎながら、魔核銃のバレットを射出。あっさりと弓使いのオーガの一匹《ぴき》目を片付けたその瞬間
「キャーッ！」

後方からルシェの悲鳴が聞こえてきた。

慌《あわ》ててルシェの方を見るとルシェのすぐ後ろの地面に矢が刺《さ》さっており、ルシェが右腕《みぎうで》を抑《おさ》えていた。

タイミング悪く『鉄壁の乙女』の効果が切れたところを、もう一体のオーガに矢で狙われたらしい。

俺は自分のターゲットに気をとられて、もう一体がルシェを狙っていることに気づけなかった。

ルシェの怪我《けが》している姿を見た瞬間、オーガと自分自身への怒《いか》りで、感情が爆発《ばくはつ》した。

「うぉおお～！　ぶっ殺してやる！」

荒《あら》ぶる感情に支配されて身体が勝手に反応する。

矢を放ったオーガに向かって、全力で走りながら魔核銃《まかくじゆう》を射出すると同時に『ウォーターボール』も同時に発動。

着弾後、消失を確認した瞬間に残りの三体に向かって先程同様、魔核銃を連射と同時に『ウォーターボール』を順番に発動した。

攻撃が被《かぶ》っているがそんな事はどうでもいい、とにかく早急《さつきゆう》に片をつける事だけに意識を集中して攻撃を放った。

連続発動と精神状態の影響《えいきよう》から攻撃は少し乱れたが、なんとか全《すべ》ての敵を撃破した。

「ルシェ。大丈夫か！　死ぬなぁ！　しっかりしろよ。今助けるからな」

「おい、勝手に殺すな。ちょっとかすっただけだろ。こんなので死ぬわけないだろ」

ルシェは悪態をついているが、俺《おれ》は気が気ではない。すぐさま低級ポーションを取り出して、傷口に振《ふ》りかけてやった。

効果は直ぐに現れ、傷口は閉じ傷ひとつないきれいな肌《はだ》に戻っていた。

治ったから良かったが、今回は俺のミスだ。調子に乗ったわけではないが、攻撃を急ぎ過ぎて視野が狭《せま》くなっていたかもしれない。

本来の俺の役目は盾と指示役だったが、この階層で調子が良いからアタッカーをメインにしてしまった。

ルシェがダメージを受ける事は想定していなかったので、正直かなり焦《あせ》ってしまった。

今後はシルやルシェが怪我を負わないよう今まで以上に注意をしようと心に決めた。

水曜日と木曜日も六階層に潜って、順調にモンスターを狩っていた。

どうやら、新しい武器と六階層のモンスターの相性《あいしょう》は抜群《ばつぐん》のようで、五階層と変わらず調子よく狩れていた。

ただこの一週間ではレベルアップはしていない。

やっぱりレベルが上がってくると次のレベルにはなかなか上がらないようだ。

今日は金曜日なので学校が終わったら、週末はダンジョン三昧《ざんまい》の予定にしている。なんとか週末の間にレベルアップを目指したい。

「高木《たかぎ》くん」

「はい、何でしょうか」

休み時間に突然《とつぜん》葛城さんに話しかけられた。

「明日、十時に駅前でよかったよね」

「え？　あ、ああ、まあ、うん、そう、だね」

「うん。じゃあ明日よろしくね」

なんだ？

どういう事だ？

明日何かあったっけ？

俺は記憶喪失《きおくそうしつ》になったのか？

明日駅前……とっさに「うん」と答えてはしまったが、何のことか全くわからない。

どうしたらいいんだ。全く訳がわからない。

そもそも俺は何をしに行くんだ？

突然《とつぜん》の理解不能な出来事に混乱していると、真司《しんじ》と隼人《はやと》がニヤニヤしながらこっちを見ている事に気付いてしまった。

「お前ら、なんか知ってるのか？　なんで葛城さんが俺と駅前で待ち合わせしてるんだ？」

「そりゃあ、まあ俺たちが伝えといたからだけど」

「は？　伝えといたって、何をだよ」

「土曜日に海斗《かいと》がまた、お買い物と映画に付き合って欲しいって言ってるって伝えといた」

「なっ……なに勝手な事してるんだよ。一言もそんなの頼んでないだろ」

「ああ、じゃあ今から葛城さんに海斗の都合が悪くなったって伝えてこようか？」

「うっ……いや、別にいいけど」

「先週ダンジョンで世話になったからな。俺達からのちょっとした恩返しだよ。恩返し」

「恩返しって……」

放課後はダンジョンに向かう予定だったが、正直それどころではなくなったので家に直帰してしまった。

明日は葛城さんと買い物と映画。いったい何を買えばいいんだ。おまけに映画……何を見ればいいんだ。

とにかく明日上映している映画を調べなくては。そう考えてスマホで映画の上映スケジュールを検索《けんさく》する。

明日、やっているのは、
1　子供用のアニメ
2　幼女物のアニメ
3　アメリカンヒーロー物
4　大人のラブロマンス
5　青春恋愛《れんあい》映画

6　歴史超大作《ちょうたいさく》

う～ん。どれがいいのか全くわからない。葛城さんはノーマルのはずなので子供用のアニメと幼女物のアニメは除外だろう。あとの四本のどれかだろうが、一番無難なのはアメリカンヒーローだろうか？　歴史超大作も好みが分かれるところだろう。

ラブロマンスは変なシーンが出てくると気まずいし、青春恋愛映画は恋人《こいびと》同士で見るものだと思うので除外だろう。いろいろ考えてみたが、初めての事なので一人では結論が出ない。明日葛城さんに聞いてみて決めよう。それしかない。

買い物はダンジョンマーケットしか思いつかない……

うだうだ考えていたら目が冴《さ》えてしまい、寝不足《ねぶそく》のまま翌朝になってしまった。

前回買った服を着て駅前で待っていると、待ち合わせの時間前に葛城さんがやってきた。

今日の葛城さんは水色のワンピースだ。前回の白のワンピースも良かったが、今回のワンピース姿も良い。

暑い夏に清涼《せいりょう》感満載《まんさい》だ。やっぱり葛城さんは良い。

「お待たせ。その服着て来たんだね。うん。やっぱりいい感じ」

「え、あ。そうですか。それはどうも」

突然いい感じと言われて、動揺《どうよう》してしまい、変な返しになってしまった。

「それじゃあ先に映画にする？　それともお買い物にする？」

「お買い物でお願いします」

「何か欲《ほ》しいものあるの？」

「探索用の消耗品《しょうもうひん》を買いたいんだよ。またこの前と同じところになるけどいいかな？」

「もちろんいいよ。ダンジョンマーケットって珍しい物がいろいろあって楽しいよね」

それから二人でダンジョンマーケットに向かって、必要な物を買うことにした。

まずは、昨日使ってしまった低級ポーションを一本買うことにした。

「あ、それこの前も、買ってたよね。ポーションっていう事はどこか怪我したの？」

「いや俺じゃないんだけど。一緒《いっしょ》に潜ってた奴《やつ》が昨日怪我したから使っちゃったんだ」

「高木くんって、ダンジョンに誰《だれ》かと一緒に行ってるの？」

「い、いや。たまたま一緒になった奴がいて。本当たまたまだよ、たまたま」

「ふ～ん。そうなんだ。普段は一人で行ってるの？」

「そうそう、当たり前じゃないか。いつも一人です。永遠の一人探索者です」

悪い事は何も無いのだが、幼女二人といつも探索していますとは、間違っても言えないので、突然のやりとりに、かなり焦ってしまったが、なんとか誤魔化《ごまか》せたようだ。

低級ポーションを購入《こうにゅう》したので、後は魔核銃用のバレットの購入だ。

「すいません。魔核銃用のバレットを二百個ください」

「お～坊主《ぼうず》。魔核銃、ちゃんと使ってるんだな。燃費が悪いから、使う探索者も少ないんだが、まあ良かったよ。それはそうとまた、この前のべっぴんさんと一緒か。やっぱり彼《かの》女《じょ》だったのか、それならそう言えよ」

「いえ、違いますよ。ただのクラスメイトです。変なこと言うと、もう買いに来ませんよ」

このおっさんだけは、どうにかしないと、二度と葛城さんと買い物に来れなくなってしまう。

「お嬢《じょう》ちゃん。こんなバカっぽいのやめといた方がいいぜ。お嬢ちゃんの事を、ただのクラスメイトとか言っちゃう真性のバカだからよ」

「いえいえ。いつもの事ですから。昔から慣れてますから大丈夫です」

「お嬢ちゃんも苦労してそうだな。まあまた一緒に来てくれや」

「はい。またよろしくお願いしますね」

なんだ一体今の会話は？　葛城さんも俺の事を馬鹿《ばか》だと思っているのか？　かなりショックだ……

その後ショッピングモールの中の映画館に着いたので、上映時間を見てから葛城さんに確認する。

「どの映画がいいかな？　観《み》たい映画とかある？」

「できたら、『そらいろ青葉《アオバ》と夏の雨』が観たかったんだけど、いいかな？」

「へっ？　ああ、それはもちろんいいけど。大丈夫かな？」

「大丈夫ってなにが？」

「いや葛城さんがいいなら是非《ぜひ》それでお願いします」

葛城さんが選んだのは、高校生二人の青春ラブストーリー。原作本が百万部突破《とっぱ》して女子高生の必読の一冊とか言われているので、映画に疎《うと》い俺でも知っている題名だ。

ただ普通《ふつう》こういうのは、恋人同士で観るものではないのだろうか？　と思いながらも、ちょっと俺も興味があったのでもちろんＯＫした。

男一人では間違っても観ることが出来ない映画だ。

上映が始まってからは、葛城さんが横にいるので緊張《きんちょう》しながらも映画に入り込んでしまった。

映画の内容は、高校でお互《たが》いを意識しながら、なにも出来ないでいた青葉と空都《ソラト》が、すれ違いを繰《く》り返《かえ》しながらも付き合うことになった。幸せいっぱいの高校生活を送る二人だが最後には悲しい別れが待っている、そんな感じの涙《なみだ》無しには観れない感動の青春映画だった。

葛城さんが横にいるので涙を堪《こら》えるのが本当に大変だった。多分葛城さんも泣いていたような気がするけど、見てしまったら自分も泣きそうで隣を見ることができなかった。

しかし、ヒロインの青葉が、ちょっと葛城さんに似てたな。まあ葛城さんの方が断然可愛いけど、余計に感情移入してしまった。残念ながら空都はイケメンすぎて全く自己投影《とうえい》出来なかった……

しかし、女の人と映画館に来るのは、小学生の時に母親とアニメを観にきて以来だったので、その相手が葛城さんで、ものすごく嬉しい。映画も最高だった。

ただ一つ、これがデートだったらどんなに素晴らしいだろうか。

デートというものを一回でいいからしてみたい。いや本音は何回もしてみたい。

残念ながら、今日のはデートではなく、隼人と真司の為《ため》に葛城さんが来てくれたのだろう。

クラスメイトの顔を立てて映画まで付き合ってくれるなんて、葛城さんは本当に優しい。きっと前世は天使か女神《めがみ》様だったに違いない。

「映画、すごく良かったね。わたし、青葉の気持ちが、わかりすぎて最後涙が止まらなかったよ。やっぱり、思いは伝えないといけないんだね。わたしも見習わないといけないなって思ったよ」

「ああ。すごく良かった。こんな感じの映画を映画館で観るのは初めてだから。やっぱり映画館で見る映画はいいよな」

「もしかして映画館に来る事ってあんまりないの？　よかったらまた誘《さそ》ってね」

「ありがとう。またよろしくお願いします」

社交辞令とはいえやっぱり葛城さんは天使だな。これが最初で最期《さいご》でも悔《く》いは無い。

いや今度は恋人同士となって観に来たい。

今日は本当に素晴《すば》らしい一日だった。彼女が十七年いない俺がデート気分を味わうことができた。

隼人と真司にもちょっと感謝しながら家路についた。

次の日学校に行くと
「海斗くん。昨日はどうだったのかな？　映画は観たのかな。どうだったか教えて欲しいな～」

隼人と真司がニヤニヤしながら聞いてきた。

「ああ、もちろん行ったよ。最高に楽しかったけどそれがどうかしたか？」

「一体なんの映画観たんだよ。アクション物か？」

「いや『そらいろ青葉と夏の雨』っていう映画を観たよ」

「え？　マジで言ってるのか？　あれってベストセラーの青春恋愛映画だよな」

「ああそう、それそれ。最後泣きそうになったけど凄《すご》い良かったよ」

「……映画は海斗が決めたのか？」

「いや、葛城さんが観たいって言うから、その映画にしたんだけどな」

「……デ、デートですな」

「デートですね」

「いやデートじゃね～よ。お前らが頼んだから、付き合いで来てくれただけだって」

「ああそう。まあ海斗だからな」

「ああ、そうね海斗くんバカだからね」

「ふざけるな。バカじゃね～よ」

「次の約束はどうなった？」

「いや、社交辞令でまた映画誘ってくれって言われたけど、さすがに俺もそこまで厚かましくはできないからな。次なんかないぞ」

「やっぱりバカだ」

「真性のバカですな」

二人の的外れな会話にちょっと疲《つか》れた。もう放っておこう。

放課後ギルドに行って魔核《まかく》を一部売却《ばいきやく》していると、日番谷《ひつがや》さんに声をかけられた。

「高木様、もしよろしければこちらに参加してみませんか？」

見せられたのは、集団での七階層探索《たんさく》イベントの告知パンフレットだった。参加資格はアイアンランク以上の探索者。

なんと期日は今週末スタートで一週間開催《かいさい》されているようだ。

「これってなんですか？」

「アイアンランク以上の探索者の方を対象に親睦《しんぼく》を深めてもらったり、ソロで突破が難しい人のためのサポートイベントのようなものです。結構若い探索者の方が参加されるので、急なのですが、もしよろしければいかがでしょうか」

自分と同程度以上の探索者と潜《もぐ》った事がないし、他の探索者のやり方も興味がある。もしかしたら仲間も増えるかもしれない。

「是非お願いします」

俺は、初めてのギルドイベントのお誘いに即答《そくとう》で参加の返事をした。

今から楽しみで仕方がないが、イベント開催の日付は今週末からになっているので、それまでにしっかり準備して臨《のぞ》みたい。

あとがき

今この本を読んでくれているあなたはリア充ですか？　もしそうではないなら。

あなたはヒーローに憧れたことがありますか？　今もヒーローへの憧れがあるなら。

この作品の主人公である海斗は、どこか今とは違う世界線のあなたかもしれません。

モブである海斗には映画やアニメの主人公のように都合のいい事ばかりは起こりません。

でもモブだって何かのきっかけで人生が変わるかもしれません。

それは努力の結果？　それとも努力とは関係のないただの運だったかもしれません。

でも、海斗はサーバントを得る事で探索者としてだけではなく人生が変わります。

読者の皆様もこの世界で探索者となって海斗と一緒に冒険と青春しましょう。

今回の出版にあたり素敵なイラストを描いていただいたあるみっく先生本当にありがとうございます。出版まで長期間に及びサポートいただいた担当の木下さん並びにホビージャパンの皆様本当にありがとうございます。

そしてなによりもこの本を手に取っていただいた皆様本当にありがとうございます。

また次回海斗の更なる成長を読者の皆様と共有できることを心から楽しみにしています。

HJ文庫
925
http://www.hobbyjapan.co.jp/hjbunko/

モブから始まる探索英雄譚1

2021年7月1日　初版発行

著者――海翔

発行者―松下大介
発行所―株式会社ホビージャパン

〒151-0053
東京都渋谷区代々木2-15-8
電話　03(5304)7604（編集）
　　　03(5304)9112（営業）

印刷所――大日本印刷株式会社

装丁――BELL'S GRAPHICS／株式会社エストール

Printed in Japan

ISBN978-4-7986-2436-5　C0193

ファンレター、作品のご感想お待ちしております

〒151−0053　東京都渋谷区代々木2−15−8
(株)ホビージャパン HJ文庫編集部 気付
海翔 先生／あるみっく 先生